MAJOR LEAGUER

메이저리거

FUSION FANTASTIC STORY

강성곤 장편 소설

메이저리거 9

강성곤 장편소설

초판 1쇄 찍은 날 § 2016년 6월 7일
초판 1쇄 펴낸 날 § 2016년 6월 14일

지은이 § 강성곤
펴낸이 § 서경석

편집책임 § 김현미

펴낸곳 § 도서출판 청어람
등록번호 § 제387-1999-000006호
등록일자 § 1999. 5. 31
어람번호 § 제1-2449호

주소 § 경기도 부천시 원미구 부일로 483번길 40 서경B/D 3F (우) 14640
전화 § 032-656-4452 팩스 § 032-656-4453
http://www.chungeoram.com
E-mail § chungeorambook@daum.net

ISBN 979-11-04-90834-7 04810
ISBN 979-11-04-90490-5 (세트)

MAJOR LEAGUER

메이저리거

FUSION FANTASTIC STORY

강성곤 장편 소설

9

도서출판 청어람

MAJOR LEAGUER
메이저리거

목차

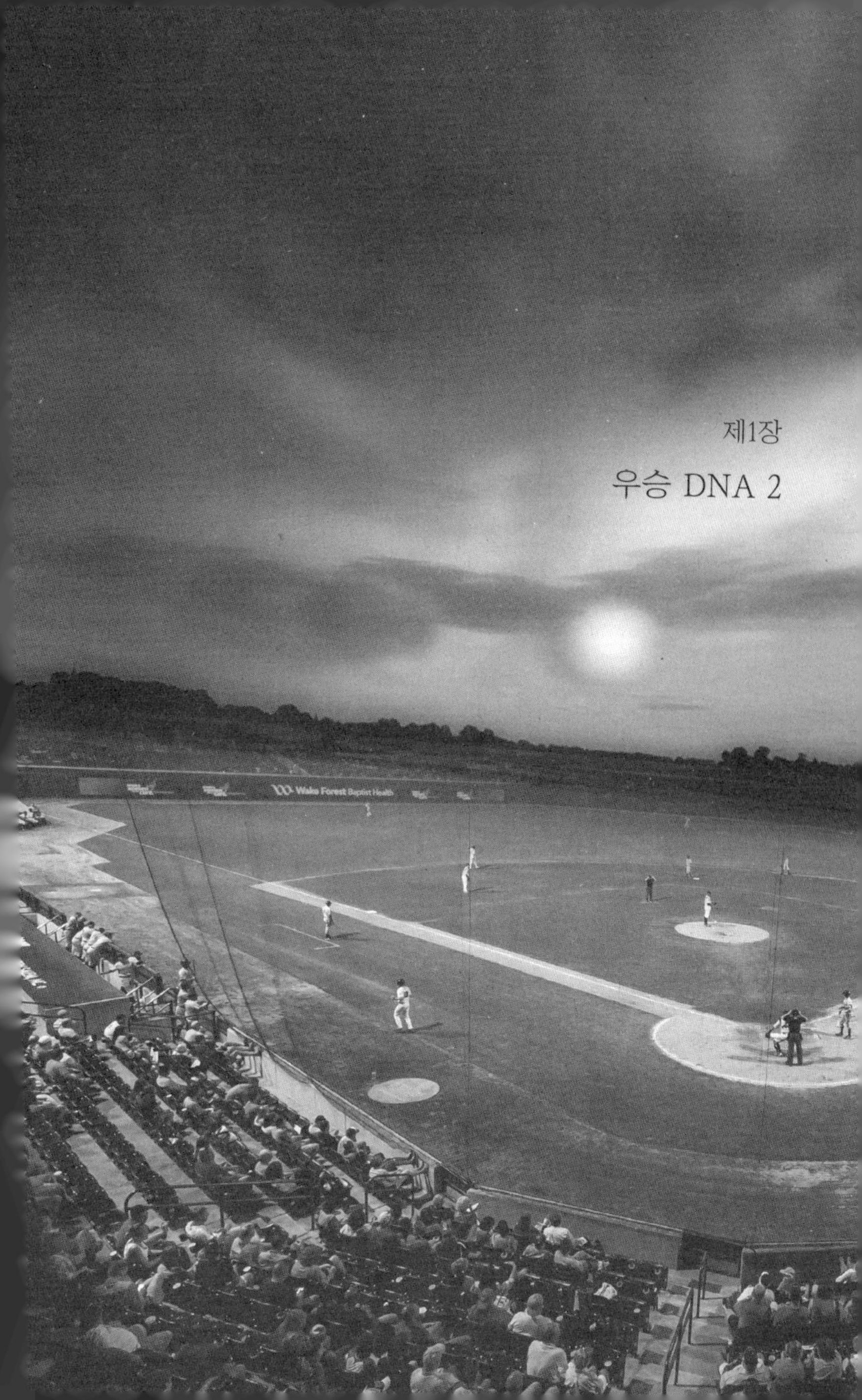

제1장

우승 DNA 2

—제3구! 쳤습니다! 우측으로 크게 떠서 날아가는 하이 플라이 볼! 우익수 베나블이 빠르게 펜스를 향해 달려갑니다! 타구의 방향을 놓쳤나요? 불안한 모습으로 계속해서 좌우로 움직입니다!

타다닷!

민우의 타구가 자신의 수비 방향으로 날아옴과 동시에 펜스 방향으로 달리기 시작한 베나블이었다.

하지만 높이 떠오른 공이 서서히 떨어질수록 평범한 플라이로 보이던 타구가 좌우로 흔들리는 것 같은 착각이 들었다.

'뭐지?'

순간적으로 자신이 착각한 건가 싶어 펜스의 위치를 확인하고 다시 고개를 들자, 타구가 심하게 꿈틀거리는 것이 확연히 느껴졌다.

그리고 그 움직임을 따라 베나블도 본능적으로 상체를 이리저리 움직이고 있었다.

타구의 불규칙한 움직임을 이해할 수 없다는 듯 그의 얼굴엔 당황한 표정이 피어오르기 시작했다.

'도대체 저게 뭐야! 너클볼이라도 된다는 거야?'

그 움직임은 베나블에게 과거 너클볼 투수를 상대할 때를 떠올리게 하고 있었다.

믿을 수 없는 장면에 계속해서 의문이 피어올랐지만 그 의문을 해결할 새도 없이 타구는 빠르게 하강 곡선을 그리고 있었다.

탁탁!

낙구 지점을 파악하며 서서히 속도를 줄이던 베나블은 발밑으로 느껴지는 거친 질감에 워닝 트랙에 도달했음을 깨달았다.

베나블은 곧장 펜스와 타구를 빠르게 번갈아 봤고, 곧 머리 위로 글러브를 들어 올렸다.

타구는 그가 들어 올린 글러브로 날아오고 있었다.

'잡았어!'

그런 생각과 함께 그가 안심하는 순간.

'어?'

글러브 앞에서 방향을 튼 타구가 그 시야에 큼지막하게 들어왔다.

그리고 그 모습에 베나블이 본능적으로 눈을 감는 순간.

빡!

"억!"

눈앞이 번쩍하는 충격과 함께 밀려오는 통증에 그대로 중심을 잃고 넘어지고 말았다.

그리고 그 머리를 구름판 삼은 타구가 크게 튀어 올랐다.

그러고는 마치 방심한 베나블을 비웃기라도 하듯 펜스를 쏙 하고 넘어가 버렸다.

—워닝 트랙까지 뻗어가는 타구! 베나블이 위를 바라봅니다! 워우! 타구가 베나블의 머리를 맞고 크게 튀어 올라 곧장 펜스를 넘어갔습니다!

타구가 펜스를 넘어가 버리자 파드리스의 팬들은 도대체 무슨 일이 벌어졌는지 이해할 수 없다는 듯, 입까지 벌린 채 멍한 표정을 짓고 있었다.

그와 반대로 다저스의 원정 팬들 중 일부는 상황을 파악하고는 만세를 부르며 소리를 지르고 있었다.

"이야아아!!"

"넘어갔다!!"

"고맙다! 베나블!!"

"지금껏 내가 봤던 헤딩 중 가장 멋진 헤딩이었다! 푸하하!"

타구를 날려 보낸 민우는 다저스 팬들의 환호성에도 상황 파악이 되지 않는다는 듯 꽤나 당황한 표정을 짓고 있었다.

'어… 이러면 어떻게 되는 거지? 2루타인가?'

민우는 그라운드에 주저앉아 있는 베나블의 모습과 펜스를 번갈아 바라보고는 이내 답을 구하듯 주변으로 시선을 돌리며 천천히 속도를 줄여갔다.

그러자 2루 베이스 옆에 서 있던 2루심이 두리번거리는 민우를 향해 피식거리는 웃음을 보이고는 홈 플레이트를 가리키며 입을 열었다.

"헤이! 슈퍼 루키! 얼른 뛰어. 홈런이라고."

2루심의 손을 따라 고개를 돌리자 주심이 한쪽 손을 들어 원을 그리고 있는 모습이 보였다.

'아… 홈런… 이구나!'

그리고 그 모습에 거의 멈춰 섰던 민우가 홈런을 확인하고는 어색하게 웃으며 다시금 빠르게 움직이기 시작했다.

—푸하핫. 강민우 선수가 당황한 듯 속도를 줄이다 판정을 확인하고 나서야 미소를 지으며 다시 달립니다. 아~ 정말 재

미있는 홈런이 나왔네요! 헤딩 어시스트 홈런이라니요! 이런 장면은 축구에서나 볼 수 있을 줄 알았는데 말입니다.

—그러게나 말입니다! 리플레이를 보세요! 타구를 쫓던 베나블이 야구공을 마치 헤딩하듯 펜스 밖으로 튕겨 보냈습니다. 과거에도 이런 비슷한 장면이 있었는데요. 지금은 은퇴한 칸세코가 1993년에 우익수로 지금과 똑같이 머리로 공을 받으며 홈런을 만들어줬었죠.

—혹시나 이게 왜 홈런이냐고 묻는 분들을 위해 규정을 살펴보면 '페어 플라이 볼이 야수에게 닿아 굴절되어 페어 지역의 펜스를 넘어갔을 경우 타자에게 홈런이 주어진다'라는 규칙으로 홈런이 선언된 것입니다. 이것 참, 강민우 선수는 베나블 선수에게 고마워해야겠습니다. 평범한 플라이가 될 뻔한 타구를 걷어내면서 5경기 연속 홈런이라는 대기록을 달성하는데 결정적인 도움을 줬으니까요.

—하하하! 재미있네요. 이제 스코어는 5 대 5가 되며 경기는 다시 원점으로 돌아갑니다!

파드리스의 팬들은 벨이 아웃 카운트를 하나도 잡지 못한 채 무너졌다는 것을 믿지 못하겠다는 듯, 그저 멍한 표정을 지은 채 다이아몬드를 돌고 있는 민우를 바라보고 있을 뿐이었다.

반면, 원정 응원을 온 다저스 팬들만이 자리에서 춤을 추며 환호성을 내지르고 있었다.

그리고 그런 모습은 다저스의 더그아웃도 마찬가지였다.

다저스의 선수들은 난간에 매달린 채 만세를 부르고, 민우를 손으로 가리키며 환하게 웃는 모습을 보이고 있었다.

그 모습이 마치 월드시리즈에서 끝내기 홈런으로 우승한 것이 아닌가 하는 착각이 들 정도로 열광적이었다.

9회 초에 터진 민우의 기적 같은 동점 스리런 홈런은 경기의 흐름을 완전히 뒤집어 버렸다.

아웃 카운트를 하나도 잡지 못한 벨은 곧장 강판을 당하고 말았다.

벨의 뒤를 이어 등판한 대처가 안타 한 개만을 허용하며 아웃 카운트를 모두 채우며 급한 불을 껐지만, 이미 분위기는 다저스에게로 넘어간 상태였다.

9회 말에 한 점이라도 낸다면 경기를 가져갈 수 있는 파드리스였지만 다저스의 불펜은 점수를 내줄 생각이 전혀 없어 보였다.

9회 말 등판한 젠슨은 파드리스의 세 타자를 삼진 2개와 유격수 땅볼로 깔끔하게 막아내는 위력투를 보여주었다.

요상하게 돌아가는 분위기에 파드리스의 팬들은 설마 하는 마음을 가지기 시작했다.

그리고 그 설마가 현실이 되는 데는 그리 오랜 시간이 걸리지 않았다.

10회 초, 선두 타자로 나선 1번 포세드닉이 안타를 때려내며 출루에 성공했고, 3번 이디어가 승부에 쐐기를 박는 1타점 3루타를 때려내며 다저스는 기어코 역전에 성공했다.

그리고 뒤를 이어 4번 블레이크가 볼넷으로 출루하면서 모든 이들의 시선이 다시금 타석에 들어서는 5번 타자인 민우에게로 쏠렸다.

따악!

민우는 다시금 손을 타고 느껴지는 통증에 미간을 찌푸리고 말았다.

'또 빗맞았어.'

민우가 퍼 올린 타구는 우연인지 다시금 우익수 방면으로 날아가고 있었다.

그 모습에 파드리스의 팬들은 직전 이닝의 모습이 반복되는 것은 아닌가 하는 조마조마한 심정으로 베나블의 움직임을 쫓기 시작했다.

하지만 우연의 반복은 없다는 듯, 베나블은 타구를 안정적으로 잡아냈다.

그사이 태그 업 플레이로 이디어가 홈을 밟으며 다저스의 스코어는 7까지 올라갔다.

민우의 1타점 희생플라이를 끝으로 더 이상의 추가점을 내지 못한 다저스였지만 연장 10회 초, 2점이라는 점수는 경기 초중반과는 그 무게감이 달랐다.

그리고 그 무게감에 짓눌린 파드리스의 타선은 마무리를 위해 올라온 귀홍치의 구위를 이겨내지 못하며 무기력하게 돌아서고 말았다.

최종 스코어 5 대 7. 민우가 쏘아 올린 작은 공이 만들어낸 기적과도 같은 결과였다.

기분 좋은 승리와 함께 다저스는 파드리스 원정을 위닝 시리즈로 장식하게 되었고, 홀가분한 마음으로 다음 목적지인 휴스턴으로 떠날 수 있었다.

이날 민우는 2타석 1타수 1안타(1홈런) 4타점 1득점을 기록하며 시즌 타율은 0.800이 되었다.

*　　*　　*

파드리스와의 3차전 경기가 끝난 뒤, 다저스의 선수들은 위닝 시리즈의 기쁨을 누릴 새도 없이 곧장 휴스턴행 비행기에 몸을 실었다.

휴스턴까지의 비행시간은 약 4시간으로 예정되어 있었다.

연장까지 간 경기에 긴 비행이라는 일정이 남아 있었기에 선수들은 비행기에 몸을 싣자마자 하나둘 잠에 빠져들기 시작했다.

그리고 그들 사이에서 민우는 여느 때처럼 스카우팅 리포트를 살펴보며 시간을 보내고 있었다.

그렇게 다저스의 선수들이 휴스턴으로 향하고 있을 때, 한국에도 다저스와 파드리스의 경기 결과가 대형 포털 사이트의 스포츠 뉴스란에 게시되었다.

기사들 대부분은 다저스의 승리보다 강민우라는 코리안 메이저리거의 활약을 중점적으로 보도하고 있었다.

한국의 많은 직장인과 학생은 점심시간이 되어서야 겨우 식사와 함께 짧은 휴식을 취하고 있었다.

그리고 휴식과 함께 심심함을 달래기 위해 스마트폰을 만지작거리던 많은 이는 자연스럽게 민우에 대한 기사를 확인하기 시작했다.

별생각 없이 스포츠 뉴스를 확인하던 이들은 곧 민우가 세운 업적이 얼마나 대단한 것인지를 확인하고선 업무와 학업의 피로를 몰아내는 강한 전율을 느끼고 있었다.

"어? 5경기 연속 홈런? 베이브 루스와 동률이라고?"

"헐, 미쳤네. 추진수도 기록하지 못한 엄청난 기록이잖아! 최호섭도 4경기 연속 홈런이 다였다고."

"이야~ 진짜 마이너리그 폭격했다는 뉴스 떴을 때 설마 했는데, 메이저리그에서도 이런 성적일 줄은 몰랐다. 진짜 대박인데?"

"OBC에서는 강민우의 경기를 생중계해 주지 않는 건가? 내일도 편성표엔 추진수 경기밖에 없는데?"

목에 사원증을 걸고 있는 한 청년의 의문에 바로 옆에 있던 안경을 쓴 청년이 고개를 저었다.

"메이저리그 중계권이 그렇게 비싸다잖아. 독점 계약해서 혼자 물고 있으니… 그리고 채널이 하나밖에 없는 OBC에선 출전이 확실한 추진수 경기를 중계하는 게 낫다고 생각하나 보지. 그래도 이렇게 하이라이트 영상은 꾸준히 올려주잖아."

자신이 아는 지식을 속사포처럼 쏟아낸 청년이 스마트폰을 내밀었고, 그 화면에는 민우의 경기 하이라이트 영상이 재생되고 있었다.

그리고 순간, 한 장면에 이르자 두 청년이 동시에 웃음을 터뜨리고 말았다.

"푸하핫! 홈런이라고 하더니 이건 뭐야? 수비수 머리 맞고 넘어가도 홈런이야?"

"해설 들어보니까 규정이 그렇다네. 이거 오늘 저녁에 스포츠 하이라이트로 나오면 강민우한테 관심 없던 사람들도 한번쯤 돌아보겠는데?"

"그러게. 아직 데뷔한 지 얼마 안 되서 모르는 사람도 많을 텐데, 야구에 관심 없는 사람들도 관심을 보이겠지?"

"참……. 이걸 TV로 볼 LC도 피가 마르겠네. 이런 선수를 놓쳤으니. 쯧쯧."

그렇게 하이라이트를 두어 번씩 돌려 보며 수다를 떨던 이들은 점심시간이 끝난 듯, 자신들의 자리로 하나둘 돌아가기 시작했다.

*　　　　*　　　　*

LA다저스는 휴스턴 애스트로스와의 원정 3연전을 끝으로 기나긴 원정을 끝내고 홈으로 돌아갈 예정이었다.

애스트로스와의 원정 3연전 이후, 다저스는 홈경기가 12경기, 원정 경기가 6경기가 남아 있었다.

그리고 그 홈경기에 다저스가 꼭 이겨야만 하는 자이언츠와 파드리스와의 3연전이 각각 자리를 잡고 있었다.

올 시즌, 다저스의 홈 승률은 0.569인데 반해, 원정 승률은 0.470에 불과했다.

그렇기 때문에 시즌 막판인 지금 자이언츠와 파드리스와의 원정 6연전에서 5승 1패를 거둔 것은 꽤나 유의미한 성적이라고 할 수 있었다.

6경기에서의 승률은 무려 0.833으로 엄청난 상승세를 타고 있는 것이었다.

그리고 애스트로스와의 원정 3연전에서도 이 기세를 이어 최대한 많은 승리를 거둔다면 산술적으로 남은 일정이 상당히 유리하게 돌아갈 전망이었다.

물론 그사이, 상위권 팀들이 진흙탕 싸움을 해줘야 한다는 전제 조건이 있었지만, 그런 상황을 바라기 전에 다저스 스스로가 승수를 쌓아야만 가능성이 생기는 일이었다.

그렇기에 애스트로스와의 원정 3연전은 꽤나 중요한 의미를 가지고 있었다.

휴스턴은 텍사스 주에 자리한 도시로 뉴욕, LA, 시카고에 이은 미국 제4의 도시이자 남부 최대의 도시이다.

휴스턴은 습도가 높고 비가 잦은 탓에 아열대 기후에 가까웠다.

그렇기 때문에 애스트로스의 홈구장인 미닛 메이드 파크는 개폐식 돔구장으로 지어졌고, 에어컨 시설이 완비되어 있어 날씨의 영향을 상당 부분 제어할 수 있었다.

이런 미닛 메이드 파크의 특징을 꼽으라면 센터 펜스 앞에 존재하는 언덕, '탈스 힐(Tal's hill)'을 들 수 있다.

탈스 힐은 워닝 트랙의 역할을 대신하는 언덕이었는데, 경사가 약 30도에 달할 정도로 가팔랐기에 중견수 수비에 상당한 부담을 주었다.

여기에 이 언덕 위에는 펜스 앞쪽으로 툭 튀어나온 깃대가 자리를 잡고 있어 자칫 잘못하면 부상을 당할 위험이 높았다.

거기다가 센터 펜스까지의 거리가 무려 436피트(133m)로 메이저리그 구장 중에서 가장 깊숙한 펜스를 가지고 있었다.

여기에 좌측 폴대까지의 거리가 315피트(96m), 우측은 326피트(99m)에 불과했다.

이처럼 수비가 어렵고, 좌우측 거리가 짧기 때문에 센터 펜스를 제외하고는 타자들에게 친화적인 구장으로 유명했다.

경기 전 훈련 시간.

민우는 선수들과 몸을 풀면서 자신의 수비 위치에 자리한 탈스 힐을 확인하는 것을 잊지 않았다.

'여기가 탈스 힐이구나. 자료로 보는 것보다 더 심한데.'

30도에 이르는 경사진 언덕은 깊은 타구를 처리하는데 꽤나 불안 요소로 작용할 것처럼 보였다.

평평한 외야에서 갑작스레 언덕으로 바뀌는 구간이 있다는 것이 이해가 되지 않았다.

민우의 상식에선 그라운드는 평지여야 했고, 여태껏 그래왔었다.

하지만 미닛 메이드 파크의 탈스 힐은 민우의 상식을 벗어나는 모습이었다.

특히 탈스 힐 위쪽, 좌측 펜스 앞 1미터쯤에 튀어나온 철제 깃대는 굉장히 위험해 보였다. 아랫부분을 쿠션으로 감아놓긴 했지만 위험이 없어지는 것은 아니었다.

'이런 곳을 홈구장으로 쓰는 애스트로스의 중견수도 꽤나 힘들겠군. 자칫 잘못해서 중심이 흔들리기라도 하면… 타구도 놓치고 나도 다칠 수가 있으니까. 조심해야겠어.'

힘들게 올라온 메이저리그에서 불상사로 인한 이탈은 뼈아픈 것이었다.

그렇기에 민우는 펑고 훈련 틈틈이 홀로 언덕을 오르내리며 적응에 노력하는 모습이었다.

하지만 그 어색함을 완벽히 없애지는 못한 채, 경기 시간이 다가왔다.

휴스턴 애스트로스는 내셔널리그 중부 지구에 소속된 팀으로 올 시즌은 선수층이 상당히 얇아진 탓에 부진에 부진을 거듭하고 있었다.

현재까지 시즌 성적은 66승 73패로 승률은 5할이 채 되지 않고 있었고, 1위와도 13경기 차이를 보이며 플레이오프에 진출할 가능성이 없는 팀이기도 했다.

타자 친화 구장인 미닛 메이드 파크를 홈구장으로 사용하고 있음에도 두 자리 수 홈런을 친 타자는 20개를 친 카를로스 리와 23개를 친 펜스가 유일했다.

빈약한 타선뿐 아니라 투수진도 1, 2선발을 제외하고는 시즌 중에 합류한 선수들이 맡을 정도로 빈약하다고 할 수 있었다.

애스트로스는 프렌차이즈 스타였던 오스왈트를 트레이드로 떠나보내며 투수 햅과 마이너리그 유망주를 받으며 일찌감치 리빌딩의 스타트를 끊었다.

그리고 그런 애스트로스의 상황을 증명하듯, 다저스와의 1차전에 나서는 투수는 자이언츠와 파드리스에서 상대했던 투수들에 비하면 그리 어려운 상대가 아니었다.

1회 초, 경기가 시작되자마자 그라운드에 타격음이 울려 퍼지기 시작했다.

따악!

오랜만에 1번 타자이자 좌익수로 선발 출전을 한 기븐스는 초구를 통타해 가볍게 안타를 만들어냈다.

따악!

따아악!

이어 2번 타자인 캐롤까지 3구 만에 깔끔하게 안타를 때리고 출루에 성공했고, 3번 이디어가 센터 펜스까지 날아가는 2루타를 때려내며 아웃 카운트를 하나 내어주지 않고 순식간에 2점을 뽑아냈다.

타석으로 나선 지 5분도 지나지 않아 다시 더그아웃으로 돌아온 기븐스가 상쾌한 표정을 지으며 선수들과 하이파이브를 나누고 있었다.

오늘은 5번 타자로 선발 출전을 하게 된 민우도 대기 타석으로 나서기 전, 기븐스와 기분 좋은 하이파이브를 나눴다.

기븐스는 대기 타석으로 향하는 민우에게 씨익 웃어 보이며 팁을 건네주었다.

“저 녀석, 지금 슬라이더 제구가 전혀 안 된다. 가운데로 들어오는 공 아니면 포심 패스트볼만 노려봐.”

기븐스의 조언에 민우가 웃으며 대답했다.

"포심 패스트볼 하면 또 저 아닙니까? 이거, 이번 타석에서 홈런 하나 치고 와야겠는데요? 후후."

"어쭈구리. 이것 봐라. 5경기 연속 홈런 쳤다고 아주 자신감이 넘치네? 그래. 어디 하나 날리고 와봐. 아주 진하게 키스라도 한 번 해줄 테니까."

기븐스의 농담에 민우의 얼굴이 급격히 굳어졌다.

"어… 저 그냥 안 칠게요."

"에휴, 얌마. 농담도 못 하냐. 얼른 나가봐!"

"큭큭. 넵!"

기븐스의 황당한 표정에 민우가 씨익 웃어 보이고는 빠르게 더그아웃을 빠져나갔다.

'쓰리 피치 타입인데 결정구가 제구가 안 되면, 포수 입장에선 포심 패스트볼밖에 답이 없겠지.'

민우는 4번 로니에게 초구를 뿌리는 노리스의 투구 동작에 타이밍을 맞추며 머릿속에 들어 있던 노리스의 특징들을 빠르게 떠올렸다.

애스트로스의 1차전 선발 투수는 우완 노리스였다. 노리스는 데뷔 2년 차이자 풀타임 선발 첫 시즌을 맞은 어린 선수였다.

최고 구속 97마일의 포심 패스트볼에 평균 86마일대의 종으로 떨어지는 슬라이더를 주무기로 사용했고, 평균 83마일대의 체인지업도 간간히 던지는 쓰리 피치 투수였다.

9이닝 당 삼진 개수가 9개에 육박할 정도로 구위가 뛰어난 편이었지만, 그 구위를 뒷받침해 줄 제구가 자주 흔들리는 편이었다.

특히 선발투수로서 쓰리 피치라는 점은 레퍼토리가 부족해지는 결과를 불러오며 단점으로 지적되곤 했다.

이런 단점을 증명하듯 올 시즌도 현재까지 6승 8패 5.34의 평균 자책점을 기록하며 부진한 모습을 보이고 있었다.

노리스가 다저스의 세 타자를 상대하며 던진 공은 이제 겨우 8구째였다.

연습구로도 제구를 완전히 잡지 못한 상태라면, 아직 제구를 다잡기엔 너무나도 부족한 숫자였다.

부웅!

팡!

“스트라이크!”

로니의 배트가 노리스의 공을 때리지 못한 채, 허공을 가르고 말았다.

포수 미트에서 거칠게 내뱉는 가죽이 울리는 소리에 민우가 가볍게 고개를 끄덕거렸다.

‘제구는 모르겠지만, 확실히 포심 패스트볼의 구위 하나는 꽤나 위력적이야. 그래서 더 자신감이 있겠지. 그리고 더 이상의 추가 실점을 주지 않기 위해서라도 확실한, 자신 있는 공

을 던지겠지.'

슈욱!

딱!

로니가 때려낸 타구는 낮게 바운드되며 힘을 잃었고 여유 있게 타구를 잡아낸 2루수가 2루 주자인 이디어를 바라보며 묶어두고는 가볍게 1루로 송구하며 로니를 아웃시켰다.

첫 아웃 카운트를 잡아낸 노리스가 크게 숨을 내뱉었다.

하지만 그것도 잠시, 민우가 타석에 들어서는 모습에 표정이 눈에 띄게 굳어지는 모습을 보였다.

5경기 연속 홈런의 주인공.

슈퍼 루키, 다저스 돌풍의 주역.

민우의 뒤에 따라붙는 수식어는 꽤나 다양했다.

그리고 바로 어제 파드리스를 침묵에 빠뜨린 동점 홈런의 주인공이자, 헤딩 홈런으로 굴욕에 빠뜨린 장본인이 바로 민우였다.

가뜩이나 노리스는 시작부터 제구를 잡지 못하고 있는 상황이었다.

'이 녀석에게 제구가 되지 않는 공을 뿌렸다간 그대로 얻어맞을 거야. 반대로 슬라이더는 보여주는 공으로 사용하자.'

애스트로스의 배터리는 결정구인 슬라이더를 포기하는 대신, 민우를 압도적인 구위로 찍어 눌러야겠다고 생각했다.

'실점을 내어준 건 제구를 잡기 위해 테이블 세터진에게 슬라이더를 뿌렸던 게 패착일 뿐이야. 아무리 잘난 놈이라도 노리스의 패스트볼을 때리긴 힘들 거다. 너도 로니를 따라서 들어가 버리라고.'

그런 생각과 함께 빠르게 사인을 보낸 포수 퀸테로가 노리스에게 자신감을 불어넣듯 미트를 팡팡 두드렸다.

고개를 끄덕인 투수가 와인드업 자세로 초구를 뿌렸다.

슈욱!

팡!

"볼!"

초구는 스트라이크존에서 바깥쪽으로 크게 벗어나는 볼이었다.

포수의 마음과는 달리 노리스는 대기록의 희생양이 될지도 모른다는 생각에 자신도 모르게 몸에 긴장감이 묻어나고 있었고, 그런 긴장감이 제구를 더욱 힘들게 하고 있었다.

슈우욱!

팡!

"볼!"

2구째는 스트라이크존의 아래쪽에 아슬아슬하게 걸치는 공으로 보였다. 하지만 주심은 스트라이크로 보지 않은 듯, 그 손을 움직이지 않는 모습이었다.

그 판정에 포수는 미트를 든 채 아쉬운 표정을 지어 보였다.

'이 정도는 잡아줘야 되는 공이잖아. 가뜩이나 제구도 안

되는데. 젠장.'

투수에게 공을 던져준 포수가 민우를 힐끔 바라봤다.

'그리고 이 녀석도 전혀 반응을 안 했어. 선구안이 좋은 건가? 아니면 지금 공은 나만 스트라이크라고 생각하는 건가?'

퀸테로는 머릿속이 복잡해지려 하자 가볍게 고개를 흔들었다.

'아니야, 지금 공은 확실히 좋았어. 운이 나빴을 뿐. 일단 스트라이크를 잡아야 돼.'

포수의 손이 빠르게 움직이는 모습에 노리스도 눈을 부릅뜬 채 그 사인을 바라보고 있었다.

민우는 나름대로 생각을 정리하고 있었다.

'볼만 2개. 그것도 잘 던진 공이 볼이 됐으니. 스트라이크를 넣을 타이밍인 데다 더 안쪽으로 들어올 확률이 높다. 이제 노림수를 가질 차례야.'

민우는 생각과 함께 배트를 쥔 손에 힘을 가득 실고 언제든지 내돌릴 준비를 마쳤다.

이윽고 고개를 끄덕인 노리스가 빠르게 공을 뿌렸다.

슈우욱!

좀 전과 같은 낮은 코스였지만 이번에는 확연히 스트라이크존으로 향하는 궤적을 보이고 있었다.

동시에 민우가 강하게 스트라이드를 내디디며 매섭게 배트를 휘둘렀다.

따아아악!

개폐식 돔이 닫혀 있어서인지, 경기장 내부를 울리는 타격음이 몹시 크게 들려왔다.

배트의 스위트스폿에 정확히 맞부딪힌 듯, 손에는 아주 미약한 느낌만이 남아 있었다.

우중간 방면으로 뻗어가는 타구를 바라보던 민우는 곧 배트를 놓은 채, 천천히 달리기 시작했다.

애스트로스의 배터리는 망연자실한 표정으로 뻗어가는 타구를 쳐다보고 있을 수밖에 없었다.

—우중간으로 쭉쭉 뻗어가는 타구!! 펜스!! 펜스를~ 가볍게 넘어~ 갑니다! 강민우 선수의 시즌 7호 홈런이 터졌습니다! 1회부터 승부에 쐐기를 박는 다저스입니다!

—이 홈런으로 강민우 선수가 또 하나의 역사를 작성했습니다! 6경기 연속 홈런으로 윌리 메이스와 역사의 한 페이지에 이름을 나란히 하게 됐습니다! 정말 대단합니다! 믿을 수가 없습니다! 이게 정말 루키가 만들어낸 기록인가요! 역사가 쓰이고 있는 현장을 함께 할 수 있다는 것이 저는 몹시 기쁩니다!

1회 초, 아웃 카운트는 겨우 하나가 늘어난 상황에서 스코어는 0 대 4로 벌어졌다.

이후는 더 볼 것이 없었다.

1회를 겨우 마무리 짓고, 2회까지 겨우겨우 버티는 모습이던 노리스는 3회, 3번 이디어의 솔로 홈런을 시작으로 6번 블레이크의 스리런 홈런까지 맞으며 2이닝 8실점으로 완전히 주저앉고 말았다.

결국 노리스는 3회, 아웃 카운트를 하나도 채우지 못하고 강판당하고 말았고, 애스트로스는 급히 불펜을 조기 투입하며 급한 불을 껐지만, 이미 상당히 늦은 뒤였다.

애스트로스의 팬들은 추가 실점을 허용하며 점수 차가 쫓아갈 수 없을 정도로 벌어지는 모습에 망연자실한 표정을 보였고, 일부 팬들은 아예 경기를 포기하고 자리를 뜨는 모습이었다.

4회 말, 다저스의 선발 릴리가 3번 펜스에게 안타를 맞은 뒤 4번 카를로스 리에게 투런 홈런을 허용하며 애스트로스 팬들의 얼굴에 잠시 화색이 돌았다.

하지만 이변은 없었다.

2 대 8. 원정 경기를 치룬 다저스의 압도적인 승리로 1차전은 싱겁게 끝이 났다.

민우는 3회와 7회에 각각 안타 하나씩을 추가하며 이날 최종 4타석에 들어서 4타수 3안타(1홈런) 2타점 1득점이라는 성적을 거두며 고공행진을 이어갔다.

경기가 끝난 뒤, 스포츠 뉴스에는 온통 다저스의 승리 소식과 민우의 6경기 연속 홈런 기록 달성을 조명하는 기사가 주를 이루었다.

그리고 휴스턴 지역지에는 1차전의 충격패를 성토하는 자극적인 기사가 올라오며 팬들의 힘을 더욱 빠지게 했다.

〈애스트로스 2:8 다저스. 충격적인 결과. 애스트로스의 현실을 극명하게 보여주다.〉

〈애스트로스. 타선도, 투수도, 유망주도, 자금력도 없다. 정녕 희망은 없는가.〉

휴스턴의 시내에 자리한 술집엔 애스트로스의 유니폼을 입은 이들이 옹기종기 모여 술을 마시며 잡담을 나누고 있었다.

쾅!

갑작스레 울리는 큰 소음에 순간 소란스러움이 잦아들었고, 모두의 시선이 한쪽으로 쏠렸다.

그들의 시선이 닿은 곳에는 애스트로스의 모자를 쓴 채, 피부가 하얘질 정도로 맥주잔을 꽉 쥔 청년이 힘없이 고개를 숙이고 있었다.

"젠장! 다저스는 서부 지구에서도 겨우 4위라고! 우리 팀이 도대체 왜 이렇게 망가진 거야!"

청년의 외침에 그를 쳐다보고 있던 이들은 다들 같은 생각을 하는 듯 가볍게 한숨을 쉬었고, 그 심정을 이해한다는 듯한 표정으로 이내 고개를 돌렸다.

그리고 바로 옆에 앉아 있던 또래의 흑인 청년이 씁쓸한 표정으로 그 어깨를 가볍게 두드렸다.

"후. 레미, 진정해. 아쉽지만 어쩌겠어. 예전의 애스트로스가 아니잖아. 킬러 B(크레이그 비지오, 제프 베그웰, 랜스 버크만, 카를로스 벨트란 등 애스트로스의 짧은 전성기를 이끌었던 선수들의 이름에 B가 들어가며 붙은 별칭)의 시대도 끝이 난 지 오래고, 투수진도 엉망이니까. 우리가 할 수 있는 건 목이 터져라 응원하는 것뿐이잖아. 그러니 열내지마."

휙.

흑인 청년의 말에 레미가 고개를 휙 돌리더니 무서운 눈빛을 보이기 시작했다.

"말 잘했어! 내가 이해가 되지 않는 게 바로 그거라고! 도대체 베테랑들이 은퇴하고, 팀을 떠나가기 전까지 그 많은 시간 동안 도대체 뭘 한 거냐고! 지금 우리 팜에서 나온 녀석들 중에 그나마 제 역할을 하는 녀석이 도대체 몇 명이야. 이러다가 내년엔 50승도 힘들 거라고! 아아. 휴스턴은 끝났어!"

하소연을 하는 듯하면서 속사포처럼 말을 내뱉은 레미는 돌연 절망스러운 표정을 지으며 두 손으로 머리를 감싸 쥐었다.

그때 TV에서 다저스와 애스트로스의 경기 결과를 전하며 하이라이트 영상을 보여주기 시작했다.

술집 안에 있던 모든 이는 절망스러운 기억을 떠올리기 싫은 듯한 표정을 지으면서도 TV에서 시선을 떼지 못하고 있었다.

그리고 머리를 감싸 쥐었던 레미 역시 고개를 들어 TV를 멍하니 바라보고 있었다.

“다저스가 부러워. 지난 시즌까지 켐프라는 걸출한 타자가 4번 타자와 센터라인을 지키더니, 녀석이 부진하니까 곧바로 강민우라는 슈퍼 루키가 툭 튀어나와서는 6경기 연속 홈런 기록을 아무렇지도 않게 세워 버렸지. 그것도 우리 애스트로스를 상대로! 아아… 내일은 7경기 연속 홈런인가? 우리 팀은 그렇게 기록의 희생양이 되고 말거야……. 망했어, 망했다고!!”

쿵.

마치 미친 사람처럼 동공이 풀린 채 절망에 찬 목소리로 중얼거리던 레미가 앞으로 푹 하고 고꾸라졌다.

그 모습에 흑인 청년이 혀를 차며 가볍게 고개를 저었다.

“에휴. 매번 이래서 어쩌려고 이러는 건지. 애스트로스가 부활하기 전에 네가 먼저 가겠다. 가겠어.”

흑인 청년은 곧 빠르게 계산을 마치고는 익숙한 몸놀림으로 레미를 부축하고는 술집을 빠져나갔다.

두 청년이 빠져나갔지만, 술집 안에는 여전히 가벼운 정적이 흐르고 있었다.

레미라 불린 청년이 절망스럽게 외친 말은 그들을 두려움에 빠뜨리기에 충분했다.

7경기 연속 홈런.

그 기록을 거쳐 간 선수는 100년이 넘는 메이저리그의 역사에서도 단 세 명, 데일 롱과 돈 매팅리, 그리고 켄 그리피 주니어뿐이었다.

더욱 무서운 것은 민우가 이제 갓 메이저리그에 데뷔한 루키라는 점이었다.

메이저리그의 대표적 약체 팀이라는 불명예에 루키에게 대기록을 헌납한 팀이라는 낙인까지 찍힐지도 모른다는 생각에 그들의 머릿속은 새하얗게 변해가고 있었다.

절망스러운 점은 애스트로스에는 그런 민우의 상승세를 막아줄 만큼 압도적인 투수가 존재하지 않는다는 점이었다.

"아직도 두 경기가 남아 있는데……."

술집의 한 가운데에 앉아 있던 중년인의 혼잣말에 모두가 입을 쩍 벌리고 말았다.

6경기 연속 홈런을 허용한 것도 이미 굴욕이라고 할 수 있었는데 이제야 1차전이 끝났다는 점이 떠올랐기 때문이었다.

"만약 내일 홈런을 때리면 7경기 연속 홈런이고… 3차전에서도 홈런을 때리면……."

"8경기 연속 홈런……. 안 돼! 절대로 그런 일이 일어나선 안 된다고! 만약 우리 팀에서 기록이 만들어진다면 애스트로스는 메이저리그가 없어질 때까지 두고두고 놀림감이 될 거야…….”

희끗한 머리가 가볍게 벗겨진 노인의 떨리는 목소리에 모두의 얼굴이 절망스럽게 변해갔다.

그리고 그들 사이에서 처음 이야기를 꺼냈던 중년인이 돌연 물음을 던졌다.

“우리… 내일 선발투수가 누구였지?”

*　　　*　　　*

팡! 팡!

두런두런 모여 수다를 떠는 선수들을 뒤로한 채, 민우는 더그아웃의 난간에 몸을 걸친 채 마운드 위의 투수를 뚫어져라 바라보고 있었다.

‘J. A. 햅, 애스트로스에서 제 역할을 하는 몇 안 되는 투수. 어제와 같은 요행은 바랄 수 없으려나.’

햅은 트레이드 마감 시한에 맞춰 애스트로스에 합류한 투수였다.

최고 구속 95마일대의 포심 패스트볼에 평균 80마일 초중반의 슬라이더와 체인지업을 결정구로 던졌고, 아주 가끔 커브를 뿌리는 스타일을 가지고 있었다.

지난 시즌 12승 4패 2.93이라는 기록으로 신인왕 투표 2위에 오를 정도로 좋은 모습을 보였지만, 올 시즌은 시즌 초반

부상으로 7월 말에야 복귀를 한 상태였다.

이후 이적 두 경기 만에 1이닝 7실점으로 무너진 전적이 있었지만 이후 6번의 등판에서 모두 퀄리티 스타트를 기록하고 있었다. 특히 두 경기 전에는 9이닝 완봉승을 거둘 정도로 완벽히 부활한 모습을 보이고 있었다.

하지만 어제의 대패 때문일까. 애스트로스의 팬들이나 선수들이나 분위기 자체가 달라진 느낌이었다.

아무리 대패를 했다고 하더라도 웃고 떠드는 모습조차 보이지 않고 있었다.

턱!

누군가 옆으로 다가오는 느낌에 민우가 고개를 돌리니, 어제 경기에서 노익장을 과시한 기븐스가 헬멧을 쓴 채, 난간에 가볍게 기대어 있었다.

기븐스는 오랜만의 선발 출전에서 5타수 3안타를 때려내며 오늘도 선발 출전이 예정되어 있었기에 기분이 꽤나 좋은 듯했다.

그래서인지 애스트로스의 무거운 분위기를 보고도 별거 아니라는 듯, 입꼬리를 말아 올리고 있었다.

"이야. 쟤네 독기가 바짝 올랐네. 어휴, 이거 무서워서 야구하겠어? 그치?"

무섭다는 표현과는 달리 장난스러운 표정을 지으며 자신을 바라보는 기븐스의 모습에 민우도 피식 웃고 말았다.

'항상 느끼는 거지만, 진지한 게 진짜인지, 장난스러운 게 진짜인지 헷갈린단 말이지.'

민우에게 진지하게 조언을 해주다가도 어느새 장난스러운 모습을 보이는 기븐스였다.

지금도 기븐스는 장난스러운 얼굴로 애스트로스를 놀리고 있었다.

"음… 어제의 대패 때문일까요? 팀 성적이 매년 하락세라는 건 대충 알고 있지만, 어제랑 분위기가 완전히 달라진 걸 보면, 역시 우리가 원인이겠네요."

민우의 답변에 기븐스가 '너 정말로 모르는 거냐?'는 의미가 담긴 황당한 눈빛을 보내더니 고개를 절레절레 저었다.

"얌마. 정확히 말하면 우리가 원인이 아니라. 바로 네가……."

무심코 무언가를 이야기하려던 기븐스는 '헉!' 하는 표정으로 돌연 말을 끊더니 곧 어색하게 웃어 보였다.

"아니 그러니까… 그래! 네가 오늘도 선발로 나온다는 거에 충격을 받았겠지. 그러니 오늘도 저 녀석들을 뭉개주자고. 오케이?"

잠시 그 모습에 고개를 갸웃거리던 민우가 피식 웃더니 고개를 끄덕거렸다.

'아무래도 기록에 영향을 줄까 봐 그러시는 거겠지. 그래도 마이너리그에서 한 번 겪어본 게 이렇게 도움이 되는구

나. 후후.'

"예. 오늘도 한 방 날려줘야죠. 승리도 따내고, 기왕이면 7경기 연속 홈런도 날리고 말이죠!"

민우가 직접 기록에 대한 이야기를 꺼내는 모습이 의외라는 듯, 기브스는 잠시 놀란 표정을 지어 보였다.

그러더니 이내 원래의 쾌활한 표정을 보이며 민우의 어깨를 강하게 두드렸다.

팡팡!

"윽!"

민우가 고통에 찬 신음을 내뱉자 기븐스가 진득한 미소를 지어 보였다.

"그래! 인마! 내가 네 앞에서 멍석 잘 깔아놓을 테니까 저 녀석한테도 한 방 날려줘라."

기븐스는 그 말과 함께 배트를 챙겨 곧장 더그아웃을 빠져나갔다.

그를 따라 시선을 돌리던 민우는 더그아웃 구석에 앉은 채, 고개를 푹 숙이고 있는 켐프를 발견했다.

그는 2경기 연속 선발 제외라는 통보에 난리를 피울 것이라는 예상을 깨고, 알겠다는 말과 함께 조용히 더그아웃에 앉아 지금까지 별 반응을 보이지 않고 있었다.

그가 폭발할 거라고 예상했던 동료들은 뒤바뀐 분위기에 오히려 그 근처로 다가가지 않는 모습이었다.

'무슨 심경의 변화라도 있는 건가. 뭐, 내가 신경 쓸 일은 아니지만.'

민우의 뇌리엔 아직도 자신을 은근히 깔보던 켐프의 모습이 남아 있었다.

지금의 선발 출전도 결국 실력으로 정당하게 얻어낸 것이라고 생각했기에 미안한 감정도 거의 없었다.

곧 경기의 시작을 알리는 주심의 목소리에 민우는 그라운드로 시선을 돌렸다.

1회 초, 햅은 선두 타자인 캐롤에게 안타를 허용했지만 이후 세 타자를 깔끔하게 처리하며 민우는 다음 이닝을 기약해야 했다.

그리고 2회 초, 민우가 타석에 들어서는 모습에 애스트로스의 팬들이 일제히 '우우!' 하는 소리를 내며 야유를 보내고 있었다.

마치 민우의 기를 죽이려는 듯한 그 모습에 관중석에 드문드문 자리한 다저스의 팬들이 응원의 소리를 높였다.

하지만 LA에서 너무나도 멀리 떨어진 곳이었기에 원정 응원을 온 팬들은 손에 꼽을 정도로 적은 편이었고, 수만의 애스트로스 팬을 상대하기엔 턱없이 부족했다.

'휘유. 누가 보면 마치 내가 무슨 잘못이라도 한 줄 알겠네.'

민우 역시 사방에서 들려오는 야유 소리에 정신이 멍해지는 것 같았다.

하지만 이내 정신을 차린 민우는 애써 귀를 닫은 뒤, 천천히 배터 박스에 자리를 잡았다.

'스트라이크존의 양쪽에 제대로 꽂히고 있어서인지 투구에도 자신감이 넘치고 있어. 하지만 기록이 달려 있으니 날 피할지도 모르지만… 그건 이 녀석들도 생각하고 있을 거야.'

마이너리그에서의 경험도 경험이었지만, 일반적으로 생각해도 대기록의 피해자가 되지 않기 위해 자신을 피할 확률이 높았다.

단순하게 생각하면 그랬다.

'그리고 그걸 역이용해서 꽂아 넣을 수도 있으니까. 나도 한 번 더 꼬아볼까.'

생각을 마친 민우는 공을 칠 의사가 없다는 듯, 몸에 살짝 힘을 푼 채, 배트를 조금 가볍게 들고는 마운드를 바라봤다.

햅은 로진백을 들어 손 위로 툭툭 튕기고는 허리를 살짝 숙이며 포수를 바라보고 있었다.

'먹혀들려나.'

곧 사인을 확인한 듯, 고개를 끄덕인 햅이 오른 다리를 살짝 뒤로 빼며 흔들거리곤, 곧 큰 키킹과 함께 스트라이드를 내디디며 공을 뿌렸다.

슈우욱!

민우는 두 눈을 부릅뜬 채, 햅의 손을 떠나는 공을 바라봤다.

그러고는 원하는 공이라는 듯, 곧장 강하게 스트라이드를 내디디며 배트를 매섭게 내돌렸다.

그 모습에 포수가 두 눈을 동그랗게 뜨는 것과 동시에 강렬한 타격음이 미닛 메이드 파크를 가득 채웠다.

따아아악!

너무나도 경쾌한 타격음이 경기장을 울리자, 모든 선수와 관중이 설마 하는 표정으로 뻗어가는 타구를 멍하니 바라보기 시작했다.

—강하게 퍼 올린 타구는 센터 방면으로 쭉쭉 뻗어 날아갑니다! 중견수가 쫓아갑니다! 이거 큰데요! 커요!

민우는 배트를 그대로 든 채, 잠시 타구가 날아가는 모습을 바라봤다.

타구는 힘이 제대로 실린 듯, 높은 포물선을 그리며 계속해서 뻗어 올라가고 있었다.

배트를 쥔 손에서는 아주 미약한 느낌만이 민우가 공을 제대로 때렸다는 사실을 알려주고 있었다.

'갔다.'

확실히 넘어가리라는 생각에 민우는 가볍게 미소를 지으며 천천히 다이아몬드를 돌기 시작했다.

민우가 배트를 놓고 달리기 시작할 때, 타구를 쫓던 중견수는 타구의 방향과 펜스 방향을 번갈아 바라보더니 돌연 달리는 것을 멈추고는 탈스 힐 앞쪽에 자리를 잡았다.

—아~ 중견수 본이 달리는 것을 멈추고 제자리에서 타구를 바라봅니다. 강민우의 타구는 그대로 펜스를~

하늘을 찌를 듯 날아가는 타구는 탈스 힐을 지나 여유 있게 펜스를 넘어갈 듯한 궤적을 보이고 있었다.

그리고 중견수인 본이 제자리에 멈춰 서는 모습은 민우의 판단을 확인시켜 주는 듯했다.

1루를 돌아 2루를 향해 달리던 민우는 고개를 가볍게 끄덕이며 주먹을 불끈 쥐고 있었다.

'역시 넘어갔어.'

메이저리그에서 가장 깊은 펜스를 가지고 있었지만, 손맛은 분명히 넘어갔다고 느껴졌다.

마치 자이언츠의 홈구장인 AT&T 파크의 대형 글러브를 맞췄던 것과 엇비슷한 느낌이었다.

그렇게 천천히 달리며 3루를 향해 시선을 돌리려던 민우는 중견수가 고개를 든 채 글러브를 만지작거리는 모습을 발견하고는 무언가 알 수 없는 불안감을 느꼈다.

'뭐지? 왜 저러고 있는 거야? 저걸 잡을 수 있다고 생각하는

건가?'

그냥 타구를 잡지 못하는 것에 대한 아쉬움의 표출일 수도 있었다.

하지만 민우의 직감이 알 수 없는 위험 신호를 보내고 있었다.

그리고 그 신호에 민우는 혹시나 하는 심정으로 다시금 타구의 위치를 확인했다.

그러고는 그 궤적선상에 존재하는 한 구조물의 모습을 발견하고 두 눈을 부릅떴다.

'어? 설마!'

하강을 시작한 타구가 탈스 힐을 넘어가려는 순간.

쿵!

탈스 힐에 자리한 깃대에 타구가 강하게 부딪히고는 방향을 틀어 탈스 힐의 우측으로 튕겨 나갔다.

그리고 동시에 탈스 힐의 앞에서 멍하니 서 있는 듯 보이던 본이 마치 기다렸다는 듯, 가파른 탈스 힐을 향해 빠르게 달려갔다.

하지만 우측으로 치우쳐 떨어진 타구였기에 노 바운드로 잡기에는 거리가 있었고, 본은 타구가 그라운드에 내려앉은 뒤에야 낙구 위치에 도착할 수 있었다.

—넘어~ 아앗! 이럴 수가! 이게 도대체 무슨 일인가요! 센

터 펜스를 넘어갈 듯 보이던 타구가 탈스 힐에 자리한 깃대의 하단에 부딪혔습니다! 깃대에 부딪힌 타구가 펜스 바깥이 아닌 탈스 힐의 위쪽에 떨어졌습니다! 그리고 탈스 힐 앞에서 기다리고 있던 본이 곧장 떨어진 타구를 쫓아 달려갑니다!

양손을 모은 채 기도하듯 간절한 표정으로 타구를 바라보던 애스트로스의 팬들은 타구가 깃대에 부딪혀 기적처럼 안쪽으로 떨어지는 것을 확인함과 동시에 일제히 환호성을 지르기 시작했다.

"와아아아!"

"우아아!!"

"탈스 힐이 우리를 구했어!"

천천히 달리며 그 모습을 처음부터 끝까지 지켜본 민우는 믿을 수 없는 광경에 정신 줄을 놓고 달리는 것을 멈출 뻔했다.

'이게 무슨?'

하지만 주변에서 들려오는 큼지막한 환호성이 자신에게 불리하게 돌아가는 상황을 인지시키고 있었다.

영문은 모르지만 2루심은 멀뚱히 서서 떨어진 타구를 바라보고 있었고 아무런 판정이 나오지 않은 상태였다.

2루타로 판정이 되어 2루로 돌아가야 할 수도 있었지만 펜스를 넘어가지 않은 타구였기에 어떤 판정이 나올지는 알 수 없었다.

그렇기에 일단 최대한 많이 진루해야 했다.

아주 찰나의 순간 동안 머리를 굴린 민우는 곧장 결정을 내리고는 곧장 스퍼트를 끊으며 3루를 향해 내달리기 시작했다.

타다다닷!

그리고 그와 동시에 공을 주워 든 본이 내야를 향해 송구를 뿌렸다.

쌔에에엑!

귓가로 스쳐 가는 날카로운 바람이 민우가 얼마나 빠르게 달리고 있는지를 알려주고 있었다.

이미 2루를 돌기 시작했던 민우였기에 타구가 유격수의 글러브로 빨려들어 갔을 때, 이미 3루 베이스를 선 채로 밟은 상태였다.

민우는 곧장 양손을 들어 타임을 요청하고는 3루 코치를 바라보며 답을 해주길 바라는 표정을 짓고 있었다.

"코치님, 이게 도대체… 어떻게 되는 거죠?"

"글쎄다. 나도 이런 경우는 코치 인생에서 처음이라서……. 분명 폴대가 없으면 넘어가는 타구였는데 말이지."

3루 코치 역시 긴가민가하기는 마찬가지인 듯했다.

하지만 곧 그 의문은 주심에 의해 해결됐다.

—오! 이런……. 이게 도대체 무슨 일입니까. 정말 믿을 수가 없네요. 탈스 힐은 구단 사장인 탈 스미스의 아이디어로 만들어진 언덕이거든요. 그 설계가 강민우 선수의 7경기 연속 홈런이라는 대기록의 희생양이 될 뻔한 애스트로스를 벼랑 끝에서 구해냈습니다. 이런 불운이 또 있을까요! 이런 경우가 또 있었는지 자료를 찾아봐야겠네요.

—저도 제가 이 규정을 입에 올리게 될 줄은 꿈에도 생각하지 못했습니다만, 지금 상황을 간단히 설명해 드리겠습니다. 미닛 메이드 파크의 그라운드 룰 중, 바로 저 탈스 힐에 존재하는 깃대에 관한 규정이 있는데요. 깃대를 맞고 바운드가 되어 펜스를 넘어가면 2루타, 깃대를 맞고 노 바운드로 펜스를 넘어가면 홈런이 됩니다. 그리고 바로 지금처럼 깃대를 맞고 그라운드 안으로 되돌아오는 경우에는 인플레이 상황이 계속되고 있다고 판단합니다. 주심은 미닛 메이드 파크의 규정대로 3루로 들어간 강민우 선수의 3루타를 인정하고 경기를 재개시킨 것이죠.

—아, 그렇군요. 경기에 영향을 줄 수 있는 구조물이기 때문에 그런 룰이 있는 것이 당연하지만, 그 룰이 실제로 쓰이는 경우가 생겼다는 것이 참 놀라운 일인 것 같습니다.

—예. 홈런을 빼앗긴 것은 아깝겠지만, 강민우 선수의 빠른 판단으로 3루타를 대신 얻어냈다고 봐야겠네요.

주심이 내린 판정에 민우가 아쉬움이 가득한 웃음을 지어 보였다.

'하… 뭐 이런 경우가 다 있냐.'

민우도 그라운드 룰에 대해서는 대충 알고 있었다.

하지만 그 규정이 구장마다 각기 달랐기에 각 구장마다 따로 규정을 확인해야만 알 수 있었다.

그리고 그 규정이 쓰이는 일은 한 시즌에 몇 번 있을까 말까한 수준으로 그 발생 빈도는 극히 낮았다.

하지만 깃대에 맞고 홈런을 도둑맞은 경우는 들어본 적조차 없었다.

아쉬움을 지우지 못하던 민우는 돌연 다른 생각이 들자 피식 웃고 말았다.

'완전 홈런 타구나 마찬가지였는데… 이거 오늘 밤 메이저리그 진기명기에 나오겠지? 그러고 보니까… 내가 걷어낸 홈런도 한두 개가 아니지.'

지금껏 수비 상황에서 펜스를 넘어가는 타구를 기적처럼 걷어낸 적이 꽤 있었다.

사실 그때는 홈런을 빼앗는 입장이었기에 도둑맞는다는 것에 대해선 전혀 생각해 본 적이 없었다.

그런데 지금은 사람이 빼앗은 것은 아니었지만, 어쨌든 펜스를 넘어가는 타구가 그라운드로 되돌아온 것이니 비슷하다고도 할 수 있었다.

'홈런을 도둑맞는 게 이런 기분이었나. 후후.'

홈런이라고 직감할 정도로 잘 때렸다. 하지만 타구가 쏘아진 이상 모든 것은 운이었다.

역풍이 불어서 홈런이 평범한 플라이 아웃이 될 수도 있었고, 펜스를 타고 뛰어올라 잡아낼 수도 있었다.

지금도 그런 경우 중 하나일 뿐이었다. 그저 운이 나빴을 뿐. 계속 신경을 쓴다면 다음 타석도, 그 다음 타석에서도 완벽한 스윙을 하지 못할 것이다.

'잊어버려야지. 홈런은 아니지만 3루타니까. 안타 하나면 득점이다.'

타석에는 백전노장, 블레이크가 들어서고 있었다.

민우는 곧 허리를 가볍게 숙이며 언제든지 달릴 준비를 마쳤다.

'기왕 이렇게 된 거, 홈에 들어가게 안타 하나 쳐줍쇼.'

그리고 그 바람을 들은 듯, 블레이크의 배트가 크게 돌아갔다.

따악!

총알같이 쏘아진 타구는 1루와 2루 사이를 가볍게 가르며 외야로 굴러갔다.

타닷!

그 타구에 여유 있게 출발한 민우가 홈을 밟으며 다저스의 선취 득점이 만들어졌다.

스코어 0 대 1.

2차전 경기도 다저스가 먼저 앞서가기 시작했다.

이후 3회 초까지 다저스는 안타 2개를 더 때려냈지만 주자를 홈으로 불러들이지 못하며 달아날 기회를 계속해서 놓치고 있었다.

반면 구로다는 지난 경기에 이어 오늘도 위력투를 보이며 3회 말까지 애스트로스의 타선을 1볼넷 무안타로 가볍게 막아내고 있었다.

4회 초.

노아웃 3볼 1스트라이크 상황.

선두 타자로 나선 4번 로니가 스트라이크 하나만을 내어준 뒤 연속 3개의 볼을 얻으며 볼카운트를 유리하게 가져가고 있는 상황이었다.

잠시 숨을 내쉰 햅은 크게 키킹을 한 뒤, 투박하게 스트라이드를 내디디며 공을 뿌렸다.

슈우욱!

팡!

"베이스 온 볼스!"

포수가 공을 받은 모습 그대로 미트를 들고 있었지만, 주심의 판단은 스트라이크가 아니라 볼이었다.

4개의 볼을 연속으로 얻어낸 로니가 조용히 장구를 풀어

옆으로 던지고는 여유 있게 1루 베이스를 밟았다.
대기 타석을 벗어나던 민우는 주심의 존이 햅에게 불리하게 돌아가고 있는 것에 속으로 조용히 미소를 지었다.
'스트라이크존의 낮은 코스를 주로 공략하는 스타일의 햅과는 성향이 맞지 않는 주심이지.'
햅은 여전히 낮은 코스 위주로 공을 뿌리고 있었고, 제구는 꽤나 잘되고 있는 편이었다.
하지만 간간히 그 마음에 들지 않는 판정이 나오고 있었다.
조금 전에도 스트라이크존에 아슬아슬하게 걸치는 듯한 공을 잡아주지 않는 바람에 4번 로니에게 볼넷을 내어주었기에 그 얼굴엔 아쉬움이 가득 담겨 있었다.
그리고 그 얼굴은 다음 타자인 민우가 타석으로 다가오자 금세 굳어졌다.
탈스 힐을 가볍게 넘기는 펀치력을 보인 민우였다.
방심은 금물이었다.
그리고 그 투구는 상당히 신중하게 이루어졌다.
슈우욱!
팡!
"볼!"
로니에게 던진 마지막 공과 비슷한 위치에 꽂히는 공이었고 주심의 판정은 똑같은 볼이었다.
하지만 햅은 크게 신경 쓰지 않는다는 듯, 계속해서 비슷한 높이로 공을 뿌리기 시작했다.

슈우욱!

팡!

"스트라이크!"

"볼!"

"볼!"

그런 햅의 투구에 민우는 한 번도 배트를 내밀지 않으며 속으로 씁쓸하게 웃어 보였다.

'볼넷으로 내보내더라도 좋은 공은 절대로 안 주겠다 이 말이네. 이렇게 되면 존을 조금 더 넓게 보는 수밖에 없겠지.'

3볼 1스트라이크.

정석대로라면 스트라이크를 잡으러 들어올 확률이 높았지만, 기록이 걸려 있었기에 정석대로 올 확률이 그리 높은 것도 아니었다.

곧, 사인 교환을 마친 햅이 1루를 바라보고 있다가 빠르게 공을 뿌렸다.

슈우욱!

햅의 손을 떠난 공은 상당히 크게 떠올랐다가 급격히 떨어져 내리기 시작했다.

'커브!'

오늘 처음으로 던지는 커브였다.

커브임을 확인한 민우가 타이밍을 맞추기 위해 앞발을 두어 번 톡톡 튕기며 스트라이드를 내디디며 배트를 휘둘렀다.

따악!

생각보다 깊게 떨어지는 궤적에 크게 퍼 올리지 못한 타구가 곧장 투수를 향해 쏘아졌다.

그 궤적에 민우가 크게 놀란 순간.

팍!

햅이 본능적으로 뻗은 글러브 속으로 타구가 빨려 들어갈 듯 보였다. 하지만 너무나도 강한 타구였기에 글러브를 맞고 곧장 튕겨 나온 타구가 햅의 뒤쪽 마운드로 떨어져 내렸다.

그리고 그 모습에 1루로 귀루하던 로니가 급격히 몸을 돌려 다시 2루로 달리기 시작했다.

'어어, 이러면 안 되는데.'

그 광경에 민우도 미간을 찌푸리며 곧장 1루를 향해 빠르게 내달렸다.

그사이 빠르게 달려 공을 주워 든 햅이 2루를 향해 잽싸게 공을 뿌렸다.

팡!

"아웃!"

공을 잡으며 베이스를 밟은 유격수는 물 흐르는 듯한 부드러운 동작으로 곧장 1루를 향해 공을 뿌렸다.

민우는 1루를 겨우 두 걸음 남겨놓은 상황이었다.

팡!

"아웃!"

하지만 두 걸음이든 한 걸음이든 베이스를 먼저 밟지 못한 이상 결과는 달라지지 않았다.

민우가 아무리 빠른 주력을 가지고 있다고 해도 짧은 거리에서 쏘아지는 송구보다 빠를 수는 없었다.

차라리 햅이 한 번에 잡아냈다면 민우만 아웃될 타구가 병살타가 되어버렸다.

1루 베이스를 빠르게 스쳐 지나간 민우가 천천히 속도를 줄이며 허탈한 웃음을 지었다.

'깃대도 맞추고, 병살도 때리고. 오늘은 뭔가 날이 아니구나. 아니야.'

잠시 햅을 바라보다가 몸을 돌렸다.

순식간에 2아웃을 잡아낸 햅은 마음이 놓인 듯, 6번 블레이크를 2구 만에 유격수 땅볼로 처리하고는 기쁨에 찬 소리를 지르며 주먹을 불끈 쥐어 보였다.

그리고 그런 햅을 바라보는 애스트로스의 많은 팬도 자리에서 일어나 박수를 보내고 있었다.

'경기 초반에는 다 죽어가는 듯한 분위기더니… 날 두 번이나 막아내면서 다들 분위기가 살아났네. 이거 안 좋은데.'

첫 타석에서 홈런을 맞을 뻔했지만 탈스 힐의 깃대가 살리고, 두 번째 타석에서는 병살타로 민우를 막아낸 햅의 모습에 애스트로스의 팬들은 언제 그랬냐는 듯 기가 산 모습이었다.

'이러다 분위기 넘어가겠어. 뭔가 반전이 필요해, 반전이.'

잠시 생각에 잠겨 있던 민우는 곧장 글러브를 챙긴 채, 전력으로 센터필드를 향해 달려갔다.

4회 말.

딱!

팍!

"아웃!"

구로다는 애스트로스의 선두 타자인 2번 케핑거를 유격수 앞 땅볼로 가볍게 돌려세웠다.

오늘 경기에서 아직까지 한 개의 타구도 중견수 방향으로 날아오는 것이 없었기에 민우는 빈 글러브만을 만지작거리고 있었다.

'구로다는 오늘도 구위가 좋네. 36살이라는 나이가 믿기지 않을 정도야. 나도 저 나이가 될 때까지 꾸준한 모습을 보일 수 있을까?'

다음 타자가 자리를 잡는 동안 민우는 구로다의 뒷모습을 바라봤다.

멀리서 보아도 구로다의 등판은 꽤나 듬직해 보였다.

지금의 페이스로 본다면 최소 3~4년은 메이저리그에서 더 활약할 듯 보였다.

그러던 민우는 피식 웃으며 고개를 흔들었다.

'이제 겨우 메이저리그에 올라왔는데 벌써 노후 대비라니……. 나도 참, 당장 오늘 경기부터 집중해야지.'

타석에 들어서는 선수는 3번 펜스였다.

'애스트로스에서 조심해야 할 선수 두 명 중 한 명이지만… 오늘은 탈스 힐을 오를 일이 있으려나.'

민우는 자신의 뒤쪽에 자리한 탈스 힐을 떠올렸다.

미닛 메이드 파크의 탈스 힐의 위치는 타 구장들의 펜스 너머나 마찬가지였기에 웬만한 타구는 탈스 힐 앞에서 잡혔다.

민우의 우려와 달리 탈스 힐을 오를 일이 아직까지 한 번도 없었기에 긴장이 많이 희석된 상태였다.

하지만 한편으론 아직까지 실전에서 오른 적이 없는 탈스 힐이었기에 그 감각이 부족하다고 할 수 있었다.

'연습 때랑은 다르니까.'

지난 밤, 평범한 타구임에도 탈스 힐을 오르다 중심을 잃거나, 넘어지면서 타구를 잡지 못해 2루타와 3루타를 내어주는 영상들을 보았었다.

그리고 그런 실수들은 곧 실점으로 연결되는 경우가 대부분이었기에 다른 타구보다 더욱 조심하지 않을 수가 없었다.

생각에 잠겨 있던 민우는 구로다가 투구 준비를 하는 모습에 자세를 낮췄다.

따악!

구로다의 손에서 공이 뿌려짐과 동시에 펜스의 배트가 매섭게 돌아가며 타격음을 내뱉었다.

총알처럼 쏘아진 타구는 1루수의 키를 살짝 넘겨 파울라인을 타고 굴러갔고, 이디어가 타구를 잡기 위해 빠르게 달려갔다.

그사이 냅다 내달린 펜스는 2루 베이스를 슬라이딩 터치했고, 이디어의 송구가 한 박자 늦게 날아오며 세이프가 선언됐다.

'첫 안타이자 장타인가. 다음은 카를로스 리……. 이거 조심해야겠는데.'

카를로스 리는 1차전에서도 다저스의 선발 투수였던 릴리에게 투런 홈런을 뽑아내며 자신의 펀치력을 자랑했던 타자였다.

얼마든지 탈스 힐까지 타구를 날려 보낼 수 있었기에 민우는 집중력을 끌어 올리며 혹시나 있을 실수를 방지하기 위해 제자리에서 점프를 하며 다리를 풀어주었다.

구로다는 사인 교환과 함께 거침없이 공을 뿌리기 시작했다.

초구는 볼이었지만, 이후 2구와 3구를 모두 스트라이크존에 과감하게 꽂아 넣으며 2스트라이크를 잡아냈다.

1볼 2스트라이크 상황.

투구를 위해 허리를 편 구로다를 바라보는 카를로스 리의 눈빛이 매서워졌다.

그리고 곧, 구로다가 빠르게 공을 뿌렸다.

슈우욱!

민우가 허리를 가볍게 숙이며 그 모습을 바라보는 순간.

따아악!

매섭게 돌아간 카를로스 리의 배트가 정갈한 타격음을 내뱉었다.

그의 배트에서 쏘아진 타구는 어디까지 날아갈 기세인지 짐작이 되지 않을 정도로 큼지막한 포물선을 그리며 떠올랐다.

하지만 누구보다 빠르게 타구를 쫓는 민우의 눈에는 다른 이들에게는 보이지 않는 자줏빛의 라인이 생겨나 있었다.

'탈스 힐!'

띠링!

[돌발 퀘스트—탈스 힐의 정상에서]

—탈스 힐은 중견수의 무덤으로 악명 높은 언덕입니다.

—어떠한 상황과 조건에서도 뛰어난 수비가 가능하다는 것을 어필할 좋은 기회입니다.

—탈스 힐이 애스트로스만을 돕는 것이 아니라는 것을 보여주어 애스트로스의 기세를 꺾을 수 있습니다.

—2루 주자인 펜스의 태그 업 플레이를 저지하십시오.

—성공 시 영구적으로 주력 +1, 수비 +1, 송구 +1. 100포인트 지급.

—실패 시 한 시즌 동안 주력—1, 수비—1, 송구—1. 하루 동안 근육통 발생.

—본 퀘스트는 발생 횟수에 제한이 없습니다.

'어?'

간만에 나타난 수비 퀘스트 내용을 빠르게 읽고 넘기려던 민우는 한 가지 바뀐 점에 소스라치게 놀랐다.

'실패 패널티가 바뀌었어?'

하지만 놀란 마음도 잠시, 빠르게 발을 놀리던 민우는 탈스 힐의 중간 부분에 자리한 낙구 지점을 지나 탈스 힐의 정상, 펜스 앞쪽에 자리를 잡았다.

그러고는 곧장 몸을 돌려 타구를 향해 튀어나갈 준비를 마쳤다.

워낙에 제대로 힘이 실린 타구였기에 민우가 탈스 힐에 오르고 튀어나갈 준비를 할 여유를 주었다.

타다닷!

민우는 낙구 지점을 향해 방향을 잡았고, 곧 떨어져 내리는 타구를 향해 쏜살같이 달려 내려갔다.

멀리서 펜스가 태그 업 플레이를 시도할 듯, 베이스에 한쪽 다리를 집고 자신을 바라보고 있는 것이 얼핏 보였다.

'한 번에는 힘들어.'

팍!

글러브에 공이 꽂히는 순간, 펜스가 베이스를 박차고 나갔다.

그리고 동시에 민우의 손에서 송구가 뿌려졌다.

쑤아악!

탄력을 받고 뿌려진 공은 3루 베이스가 아닌 중계 플레이를 위해 서 있던 캐롤의 글러브로 순식간에 빨려 들어갔다.

캐롤은 공의 탄력을 이용해 부드러운 동작으로 몸을 돌렸고, 마치 한 번에 날아간 것처럼 3루를 향해 공을 뿌렸다.

쑤악!

팍!

촤아악!

송구가 아래로 내리고 있던 3루수 블레이크의 글러브에 꽂힘과 동시에 헤드 퍼스트 슬라이딩을 시도한 펜스의 손이 베이스를 찍었다.

거의 동시에 태그가 이루어진 상황이었기에 모두의 시선이 3루심에게로 향했다.

3루심은 어깨를 움찔거리고는 한쪽 손을 강하게 휘둘렀다.

"아웃!"

타구가 민우의 글러브에 잡히며 2아웃, 그리고 펜스가 태그업 플레이에 실패하며 3아웃.

순식간에 애스트로스의 공격이 끝이 났다.

띠링!

[돌발 퀘스트—탈스 힐의 정상에서 결과.]

—탈스 힐에서 외야 플라이를 안정적으로 잡아냈습니다.

—빠르고 정확한 송구로 3루까지 이어지는 중계 플레이를 안정적으로 성공했습니다.

—2루 주자의 태그 업 플레이를 저지하며 추격의 불씨를 꺼뜨렸습니다.

—퀘스트 성공 보상으로 영구적으로 주력 +1, 수비 +1, 송구 +1이 상승합니다. 100포인트가 지급됩니다.

민우는 눈앞에 나타난 보상 메시지에 입꼬리를 스윽 말아 올리고는 내야를 향해 천천히 달리기 시작했다.

관중석에서는 3루심의 판정과 동시에 거친 야유가 쏟아져 나왔다.

"우우우!"

"눈깔 똑바로 안 떠!"

"이게 어떻게 아웃이야!"

"동 타이밍이면 세이프지!"

"다저스한테 돈이라도 받았냐!"

빠른 발을 가진 펜스였기에, 그 누구도 펜스가 잡히리라고는 생각하지 않고 있었다.

민우가 뿌린 레이저 송구가 가장 컸지만, 캐롤의 물 흐르는 듯한 동작과 블레이크의 신속 정확한 손놀림이 0.1초의 시간을 줄였고, 펜스를 잡아냈다.

만약 어느 하나라도 어긋났더라면 주심의 판정은 아웃이 아니라 세이프였을 것이다.

'역시, 메이저리그의 클래스는 다르구나.'

"엄청난 송구였다! 하하하!"

외야에 선 채로 민우를 기다리고 있던 캐롤이 민우를 향해 환한 미소를 보내며 손을 들어 보였고, 민우가 그 손을 맞대며 환하게 웃었다.

애스트로스 팬들의 거친 야유와 달리 펜스는 조용히 일어서 더그아웃으로 걸어가고 있었다.

그리고 그의 시선이 천천히 돌아가서는 캐롤과 하이파이브를 나누는 민우에게 향했다.

'괴물 같은 놈이야. 마치 코앞에서 던진 것처럼 빨랐어.'

애스트로스의 주전 우익수를 맡고 있었기에, 이런 송구는 아무나 던질 수 있는 게 아니라는 걸 더욱 잘 알고 있었다.

'내가 아닌 그 누구라도 잡혔을 거야. 완벽한 패배다. 하지만 다음엔 절대로 잡히지 않는다.'

펜스는 좌절하기보단 마음을 다잡고 다음을 기약했다.

그리고 펜스가 모르는 사실이 있었는데 그것은 민우가 다른 선수들과는 달리 특별한 능력이 있다는 것이었다.

'레이더' 특성은 민우를 다른 선수들과의 경쟁에서 완벽한 우위를 차지할 수 있게 만들어주었다.

특히 미닛 메이드 파크의 탈스 힐에서는 그 능력이 더욱 빛을 발하고 있었다.

타구를 뒤로 보며 쫓아야 하는 다른 외야수들과 달리, 민우는 타구를 놓치더라도 언제든지 그 위치를 확인할 수 있었기에 전력으로 탈스 힐을 타고 오를 수 있었다.

이게 바로 민우와 다른 선수들과의 차이점이었다.

그리고 그에 가장 영향을 받는 것은 다저스의 주전 중견수였다가, 현재는 민우와 포지션 경쟁을 하게 되어버린 켐프였다.

민우의 환상적인 수비와 송구, 그리고 순식간에 이닝이 끝나는 것을 바라본 켐프의 가슴속에는 놀람과 좌절, 그리고 시기의 복잡한 감정이 요동치고 있었다.

'내가… 저 녀석을 이길 수 있을까?'

켐프는 처음으로 민우의 거대함을 느끼고 있었다.

득점 기회를 완벽히 저지당하며 기세를 잃은 애스트로스는 구로다의 투구에 압도당하며 5회 말 공격을 2개의 삼진을 포함한 삼자범퇴로 물러나고 말았다.

그리고 6회 초, 캐롤의 안타와 로니의 볼넷으로 2아웃 상황에서 민우의 앞에 득점권 주자가 만들어졌다.

하지만 민우는 1타점 적시 1루타를 때리며 점수 차를 2점으로 벌리는 데는 성공했지만 모든 이가 주목하는 홈런 기회는 다음 타석으로 미루어야 했다.

애스트로스는 7회부터 불펜을 풀가동 시키며 다저스의 타선을 막으려 노력하고 있었다.

그리고 8회 초, 민우에게 다시금 기회가 찾아왔다.

애스트로스의 노장 불펜 투수인 비르닥이 1안타를 맞고 마운드를 내려갔고, 뒤이어 오른 노장 투수 펄치노가 1안타와 1볼넷을 내어주며 아웃 카운트를 하나도 잡지 못한 채 주자 만루의 위기를 자초하고 말았다.

그러자 애스트로스의 감독 밀스는 특단의 조취를 취했다.

그리고 마운드 위에는 바뀐 투수, 우완 스리쿼터 투수인 린드스트롬이 올라왔다.

그는 올 시즌, 애스트로스의 마무리 투수를 맡았었지만 6월부터 급격히 흔들리며 27번의 세이브 기회에서 무려 6개의 블론 세이브를 저지르며 팀의 승리를 날려먹었고, 결국 그 보직을 박탈당한 상태였다.

하지만 21번의 세이브 성공에서 알 수 있듯, 그는 강력한 펀치 한 방을 가지고 있었다.

그는 최고 100마일의 포심 패스트볼과 싱커, 그리고 평균

85마일의 파워 커브를 섞어 던지며 위력을 발휘했다.

하지만 빠른 구속을 위해 제구를 포기한 듯한 경향이 강했기에 타자들이 구위에 낚이지 않으면 많은 볼넷을 내어주는 경향이 있었다.

슈우우욱!

부웅!

팡!

"스트라이크 아웃!"

"어휴."

하이 패스트볼에 배트를 크게 헛돌린 로니는 질린 표정으로 고개를 절레절레 저으며 몸을 돌렸다.

전광판에 찍힌 구속은 99마일.

4번 타자인 로니를 4구 만에 삼진으로 돌려세우며 아웃 카운트를 하나 채우는 린드스트롬의 위력투에 애스트로스의 팬들이 일제히 박수를 보내고 있었다.

하지만 아직 끝난 것은 아니었다.

1아웃이 되었지만 여전히 만루 상황.

그리고 대기 타석을 벗어난 민우가 천천히 타석으로 걸어오고 있었다.

그리고 그 모습에 애스트로스의 관중들은 침을 꿀꺽 삼키고는 더욱 목청껏 환호성을 내지르기 시작했다.

"삼진! 삼진!"

"뭉개 버려!!"

"기록을 끊어버려!"

"애스트로스의 자존심을 보여줘!"

타석으로 향하던 민우는 귓가를 울리는 찢어지는 듯한 목소리에 등골이 오싹한 기분이 들어 헛웃음이 나왔다.

'이거 홈런이라도 쳤다간 몰매 맞는 거 아닌가 모르겠네.'

곧 배터 박스에 자리를 잡은 민우를 향해 린드스트롬이 무시무시한 눈빛을 쏘아대기 시작했다.

'이 녀석을 잡고, 다시 마무리 보직을 되찾는다. 목표는 그뿐.'

만루의 위기였기에 여기서 잡아낸다면 더욱 돋보일 것이 분명했다.

'공도 제대로 긁히고. 해볼 만하다.'

로니를 돌려세운 99마일의 패스트볼은 원하는 위치에 정확히 꽂혀 들어갔다.

그 공으로 얼마든지 막아낼 수 있다는 확신이 든 상태였다.

그런 생각과 함께 민우를 본 린드스트롬의 미간이 꿈틀거렸다.

민우의 표정엔 자신의 공에 대한 부담이 전혀 느껴지지 않았고, 오히려 여유가 넘쳤다.

그리고 그 모습이 린드스트롬의 투지를 끌어 올렸다.

'후우. 오늘 100마일 한 번 던져보자.'

100마일.

어지간한 타자들도 정확히 때리기 힘든 구속이었고, 공 좀 뿌린다 하는 투수들의 꿈의 구속이 바로 100마일이었다.

그리고 린드스트롬 역시 최고 구속 100마일을 찍은 적이 여럿 있었다.

하지만 올 시즌, 제구 난조로 급격한 하락세를 겪으며 마무리 보직까지 박탈당하고 나서는 99마일을 넘기는 일도 손으로 셀 수 있을 정도였다.

하지만 제대로 긁히는 날에는 그의 100마일짜리 패스트볼을 제대로 때려낸 타자가 없다고 할 수 있을 정도로 위력을 발휘했다.

그리고 린드스트롬은 오늘이 바로 그런 날이라고 생각하고 있었다.

초구 사인은 몸 쪽 낮은 코스의 패스트볼이었다.

제대로만 들어간다면 홈 플레이트에 붙어서는 타자의 기를 죽이기에는 딱 좋은 구종과 위치였다.

포수인 퀸테로는 린드스트롬이 곧장 고개를 끄덕이자 씨익 웃으며 미트를 앞으로 내밀었다.

곧 고개를 끄덕인 린드스트롬이 가슴팍까지 무릎을 들어 올리는 하이 키킹과 함께 강하게 공을 뿌렸다.

쑤아악!

민우는 린드스트롬의 손을 떠난 공의 궤적을 확인하고는 한 번에 스트라이드를 내디디며 배트를 매섭게 내돌렸다.

따악!

거친 타격음과 함께 쏘아진 타구는 큰 포물선을 그리며 돔의 천장에 맞을 듯 날아갔다.

하지만 민우도 투수도 가만히 서서 그 타구를 바라보고 있었다.

크게 떠오른 타구는 극단적으로 좌측으로 치우쳐 날아갔고, 좌익수가 죽을힘을 다해 쫓아가고 있었다.

하지만 곧 민우의 타구는 그라운드를 벗어나 관중석 안쪽으로 푹 하고 떨어지며 파울이 선언되었다.

단 1구였지만 지금껏 타구를 내야 방향으로 날려 보내던 민우가 완전히 구위에 눌린 모습을 보이는 것에 애스트로스의 팬들은 다시금 진한 환호성을 내지르고 있었다.

민우는 손에서 느껴지는 약간의 잔통에 주먹을 쥐었다 폈다 해보고는 다시금 배트를 쥐었다.

'스피드에서 내가 밀렸어.'

전광판에는 101마일(162㎞)이 찍혀 있었다.

피칭 머신이 쏘아내는 100마일짜리 공들도 펑펑 때려내던 민우였다.

하지만 린드스트롬의 공은 구속 이상의 무언가가 있었다.

'이게 피칭 머신과 실제의 차이겠지. 하지만…….'

배트를 꽉 쥔 민우가 고개를 들어 린드스트롬을 노려봤다.

'나도 스피드에서 밀리진 않는다고. 어디 한 번 또 던져봐라.'

배트가 밀렸다.

그 말인 즉슨 타자에게 그 공이 먹힌다는 뜻이었다.

강속구 투수는 강속구로 삼진을 잡는 것을 최고로 친다.

민우의 머릿속에 들어 있는 상식 중 하나였다.

그리고 린드스트롬의 눈빛은 다시금 100마일이 넘는 패스트볼을 뿌릴 기세였다.

곧 허리를 편 린드스트롬이 잠시 뜸을 들이고는 빠르게 공을 뿌렸다.

쏴아악!

팡!

"볼!"

2구는 98마일의 포심 패스트볼이었다.

하지만 공이 꽂힌 위치가 스트라이크존보다 한참 위쪽이었다.

공을 제대로 채지 못하면 벌어지는 모습 중 하나였다.

'101마일을 뿌린 게 무리가 된 건가?'

한 박사의 연구에 의하면 100마일짜리 공을 던질 때, 투수의 팔에 가해지는 힘은 27.3kg짜리 역기를 던지는 것과 맞먹는 부담을 준다고 한다.

단 하나의 공이라도 한계 이상의 공을 던지거나, 조금이라도 밸런스가 무너진다면 언제라도 팔에 이상이 생길 수 있는 것이다.

자존심은 때론 독이 되기도 하고 약이 되기도 했다.

그리고 지금의 린드스트롬에겐 독이 되는 듯 보였다.

슈우욱!

팡!

"볼!"

"파울!"

"파울!"

"볼!"

99마일, 96마일, 96마일, 그리고 98마일.

간간히 싱커를 섞어 던졌지만 전혀 스트라이크존에 꽂히질 않고 있었다.

그리고 구속이 떨어질수록 민우의 배트도 린드스트롬의 공을 점점 정확하게 맞추고 있었다.

물론 민우도 계속해서 전력으로 배트를 휘두르고 있었기에 영향이 없는 것은 아니었다.

하지만 공을 뿌리는 투수에 비하면 그 영향은 극히 미미한 정도였다.

슈우욱!

따악!

"파울!"

또 하나의 공이 큼지막한 포물선을 그리자 관중들이 숨죽인 채 타구를 바라봤다.

하지만 타구는 아슬아슬하게 좌측 폴대의 바깥으로 휘어져 날아가고 말았고, 애스트로스의 팬들은 그제야 힘겹게 숨을 내쉬고 있었다.

'만루 상황에서 이런 투구를 하는 배짱 하나는 마무리 투수감이긴 하지만 날 이기고 싶다는 호승심이 시야를 좁게 만들고 있구나. 뭐, 상대 팀이니 나로선 나쁘지 않지만 말이지.'

애스트로스의 더그아웃에서는 감독과 투수 코치가 찰싹 달라붙은 채, 빠르게 대화를 주고받고 있었다.

그리고 그 모습이 린드스트롬의 마음을 조급하게 하고 있었다.

곧, 포수의 사인에 빠르게 고개를 끄덕인 린드스트롬이 하이 키킹과 함께 팔을 휘둘렀다.

쑤아악!

총알처럼 쏘아진 공을 따라 민우의 배트도 전광석화처럼 휘둘러졌고, 곧 홈 플레이트의 앞에서 강렬하게 맞부딪혔다.

따아아악!

동시에 미닛 메이드 파크를 가득 메우는 타격음에 애스트로스의 팬들이 입을 벌린 채 눈알만을 데룩데룩 굴리고 있었다.

좌측으로 크게 떠오른 타구는 좌익수의 머리 위를 크게 지나가서는 좌측 아치형 벽 위쪽에 자리한 모형물을 강타했다.

쨍그랑!

동시에 무언가 갈라지는 듯한 소리가 들려왔고, 그 소리는 애스트로스 팬들의 귓가에 자존심이 와장창 무너져 내리는 소리처럼 들려왔다.

1루심은 머리 위로 한 손을 들어 빙글빙글 돌리며 초대형 홈런이 만들어졌음을 알려왔다.

결정적인 만루 홈런.

애스트로스의 팬들은 믿을 수 없다는 듯한 표정으로 허무하게 무너져 내린 린드스트롬을 바라봤다.

그리고는 천천히 시선을 돌려 다이아몬드를 돌고 있는 민우를 향해 원망의 시선을 보내며 한숨을 내쉬었다.

민우의 만루 홈런 한 방으로 확실하게 점수 차를 벌린 다저스는 8회까지 호투한 구로다의 뒤를 이어 젠슨이 1이닝 무실점으로 막아내며 승부에 종지부를 찍었다.

스코어 0 대 6, 다저스의 위닝 시리즈를 확정짓는 승리였다.

이날의 홈런으로 메이저리그 팬들은 과연 민우가 메이저리그 기록인 8경기 연속 홈런을 달성할지 여부에 관심이 폭발하기 시작했다.

그리고 그 결과는 꽤나 싱겁게 나오고 말았다.

휴스턴 애스트로스와 LA다저스의 3차전.

2회 초 1아웃 상황.

애스트로스의 선발, 로드리게스가 깊은 숨을 내쉬고는 신중한 표정으로 공을 뿌렸다.

슈우욱!

로드리게스의 손을 떠난 공은 민우의 머리 위로 크게 떠올랐다가 우측으로 휘어지며 급격하게 떨어지기 시작했다.

따아악!

동시에 민우의 배트가 강하면서도 부드럽게 돌아가며 떨어져 내리던 공을 잡아당겼다.

민우는 뻗어가는 타구를 바라보며 희미하게 미소를 지어 보였다.

'넘어갔다!'

―큽니다!!!! 커요!!! 크게 퍼 올린 타구가 우측으로!!! 높게! 멀리! 그대로! 2층 관중석에 꽂힙니다!! 홈런! 홈런입니다!! 강민우 선수가 또 하나의 기록을 만들었습니다! 8경기 연속 홈런!!

3일 연속으로 미닛 메이드 파크에 울려 퍼진 정갈한 타격음은 애스트로스 팬들을 절망의 구렁텅이로 빠뜨리고 말았다.

텅!

큼지막한 포물선을 그리며 날아가던 타구가 우측 외야 2층 관중석의 빈 좌석을 때리며 튕겨 나와 그라운드로 되돌아갔다.

민우의 8경기 연속 홈런이라는 메이저리그 타이기록이 만들어지는 순간이었다.

―와~ 정말 대단합니다! 믿을 수가 없습니다! 8경기 연속 홈런입니다! 데일 롱, 돈 매팅리, 켄 그리피 주니어가 만들어낸 영광의 기록에 강민우라는 이름이 나란히 새겨지는 순간입니다! 여러분은 지금 역사의 한 장면을 보고 계십니다!

민우는 애스트로스 3연전 세 경기 연속 홈런과 동시에 8경기 연속 홈런이라는 메이저리그 타이기록을 끝내 달성해 내며 애스트로스 팬들에게 '악마'라는 별명을 얻게 되었다.

그러면서도 한편으론 다저스의 다음 일정인 자이언츠 전에서 민우가 메이저리그 신기록인 9경기 연속 홈런을 달성하기를 간절히 바라고 있었다.

당장은 기록의 희생양이 되었지만, 기록이 계속 이어져야 애스트로스가 기록의 희생양으로 영원히 사람들의 입에 오르내리지 않을 것이기 때문이었다.

이미 기록은 달성되었고, 돌이킬 수 없게 되었다.

애스트로스의 팬들은 민우가 몹시 미우면서도 한편으로는 다음 기록을 달성하기를 바라는 마음으로 하나둘 자리에서 일어서 민우의 기록 달성을 박수로 축하해 주었다.

다저스는 민우의 타이기록 달성에 이어, 이날 3차전을 승리로 장식하며 스윕에 성공하는 겹경사를 거두었다.

더욱 기쁜 소식은 상위권의 진흙탕 싸움으로 1위 팀이 뒤바뀌었다는 것, 그리고 1위와의 격차가 2.5경기까지 줄어들었다는 것이었다.

경기가 끝난 뒤 전해진 소식에 다저스의 팬들은 여러 방면으로 홍분을 감추지 못하며 펍에서, 각자의 가게에서, 길거리에서 기쁨을 나누며 희망의 불씨를 더욱 키워갔다.

*　　　*　　　*

조금은 투박한 시설의 라커룸.

그곳에는 상하의에 세로로 스트라이프 무늬가 들어간 유니폼을 입은 선수들이 여기저기에 흩어져 휴식을 취하고 있었다.

"이제 우승도 얼마 안 남았네요."

"유광 잠바를 어디다 뒀더라."

그리고 그들 사이에서 한 선수가 상의를 탈의한 채 탄탄한 근육을 자랑하고 있었다.

광이 나는 듯한 구릿빛 피부에 훈훈한 외모를 가진 남자는 그와 어울리지 않는 조그마한 스마트폰을 들여다보고 있었다.

손가락을 까딱거리며 화면을 넘기던 남자는 한 기사를 발견하고는 흥미가 동한다는 듯 손가락을 움직이는 것을 멈췄다.

〈코리안 몬스터, 강민우. 8경기 연속 홈런으로 메이저리그 타이기록 달성. 세계기록인 한국프로 야구 강태성, 이호대의 9개와는 단 한 개 차.〉

남자의 시선은 그 기사의 제목을 훑고는 천천히 기사의 내용을 따라 움직이기 시작했다.

'호오, 이 녀석이 날 따라와? 그것도 메이저리그에서?'

남자는 마치 신기한 것을 발견한 것처럼 입가에 미소를 지었다.

남자가 웃음을 짓고 있는 모습을 본 지웅이 간사한 표정을 지으며 그에게 다가왔다.

"태성 형님. 뭘 그렇게 재밌게 보세요?"

"하하. 궁금하면 네가 한번 봐라. 내가 왜 이렇게 즐거워하는지."

태성이라 불린 남자는 지웅에게 자신이 들고 있던 스마트폰을 건네주고는 씨익 웃어 보였다.

'이거. 역시 올 시즌에 우승하고 미국으로 가야겠는데? 지웅이한테도 빌빌대던 놈이 미국에서 저 정도 활약이라니, 메이저리그도 별거 아니네. 내가 가면 완전히 씹어 먹겠는걸? 잘됐네. 우승도 코앞이고. 후후.'

지웅은 스마트폰을 확인하고는 어색한 웃음을 지어 보였다.

"참, 호랑이 없는 골에 토끼가 왕이라더니. 토끼 나부랭이가 호랑이가 없다고 아주 잘난 맛에 활개를 치고 다니네요. 이거 뭐, 메이저리그라고 해봤자 그 수준도 별거 아닌가 보네요."

마치 자신의 속마음을 읽은 듯, 지웅이 간사한 미소를 지으며 아부하는 모습을 보였다.

그 모습에 태성은 피식 웃더니 돌연 지웅의 머리를 가볍게 쥐어박았다.

"새끼야. 아부하는 거 다 티 난다. 인마. 그리고 아무리 그래도 메이저리그는 메이저리그야. 어? 너 이 새끼, 내가 메이저리그에 가서 활약해도 그딴 소리 할 거야? 엉?"

태성이 지그시 노려보며 이야기하는 모습에 지웅이 놀란 표정으로 손사래를 치면서 급히 고개를 내저었다.

"아뇨! 형님! 그럴 리가요! 제 말은 그게 아니라……."

지웅은 억울하다는 듯, 얼굴이 시뻘게지며 동공이 지진을 일으키고 있었다.

그 모습에 태성이 피식 웃으며 그 어깨에 팔을 둘렀다.

"큭. 어휴. 새끼, 당황하는 거 봐라. 인마. 이번엔 봐줄 테니까, 다음에 아부할 때는 티 안 나게, 기분 좋게 해라. 알았냐?"

태성의 웃음에 지웅은 퍼뜩 고개를 끄덕이며 헤헤 웃음을 지었다.

"당연하신 말씀이죠. 하하. 까짓게 날뛸 수 있는 건 지금 뿐일 테니, 충분히 즐겨두라고 하죠. 형님이 가시면 다 끝이니까요."

태성은 다시금 자신을 띄우는 지웅의 어깨를 가볍게 두드리며 팔을 풀었다.

"그래그래. 이 형님이 메이저리그로 가서 한국프로 야구의 위상을 널리 떨쳐줄 테니까 기대하고 있어라. 기분이다. 우승도 코앞이고 하니 내가 고기 쏜다. 한우로! 가자."

"정말입니까?"

고기 이야기에 흥분한 지웅의 목소리가 조금 커지자 주변에서 짐을 정리하던 몇몇 선수가 관심을 가졌다.

"고기 드십니까? 저도 고기 좋아하지 말입니다."

"저도요!"

"하하. 짜식들. 그래, 너희들도 가자."

"오오오!"

"고기!!"

곧 환복을 마친 선수들이 라커룸을 빠져나가며 문을 닫았다.

그러자 문 뒤에 가려져 있던 알림판이 나타났다.

'정규 리그 우승까지 앞으로 2승.'

제2장

두 마리 토끼

다저스의 선수들을 실은 전용기가 LA국제공항에 도착했다.

고된 원정길이었지만 단 1패만을 당하고 8승을 거두는 쾌거를 올렸기에 그 얼굴에는 미소가 가득했다.

여기에 겹경사로 민우의 메이저리그 연속 경기 홈런 타이기록 달성까지 이루어지며 다저스는 쾌조의 상승세를 보이고 있었다.

1위와 단 2.5게임 차.

그리고 신성처럼 나타나 다저스의 타선을 이끌며 8경기 연속 홈런을 때린 민우의 존재로 인해 다저스 팬들의 관심도 덩달아 뜨거워진 상태였다.

지이잉.

전용기가 도착하고 잠시 뒤, 게이트가 열리며 선수들이 모습을 드러냈다.

팍팍!

파바박!

눈앞에서 번쩍거리는 수많은 플래시 세례에 다저스의 선수들이 깜짝 놀란 표정을 지어 보였다.

평소라면 지나가던 이들이 선수들을 발견하고 가볍게 놀라거나, 조용히 사진을 찍고, 사인을 요청하는 것이 보통이었다.

하지만 눈앞에 펼쳐진 광경은 평소와는 전혀 동떨어진 모습이었다.

마치 리그 우승이라도 한 것처럼 사람들 사이에서 기자로 보이는 이들이 연신 플래시를 터뜨리고 있었다.

"음… 원정길에 무슨 일 벌인 애 있냐?"

"자수해서 광명 찾아라."

기븐스와 존슨의 이야기에 카메라에 익숙한 몇몇 선수가 킥킥거렸다.

"우리가 뭔가 잘못했으면 저기 여성분들이 저렇게 환하게 웃고 있지는 않을 것 같은데?"

나지막이 중얼거리는 포세드닉의 말은 일리가 있었다.

특히 유별난 모습은 마치 다저스 선수들을 기다리고 있었던 것처럼 보이는 사람들 사이로 젊은 여성들의 모습이 꽤 많이 보이고 있다는 것이었다.

그리고 그들의 의문은 곧 해결이 됐다.

선수단 무리의 뒤쪽에서 민우가 천천히 게이트를 빠져나오는 모습에 일순 비명 소리가 들려오기 시작했다.

"꺄아아~ 강민우다!"

"오오~ 기록의 사나이!!"

"어쩜 저렇게 잘생겼을까!"

"이젠 TV가 아니라 실제로 볼 수 있어!"

그들의 관심이 유독 한쪽으로 쏠려 있었기에 선수들은 일순 부러움과 시기의 시선으로 민우를 바라봤다.

'네 녀석이었냐!'

'저 녀석이라면 그럴 만도 하지.'

'스타의 탄생이구만.'

민우는 이런 상황을 겪어본 적이 없었기에 어색하게 웃으며 손을 흔들고 있었다.

'이게 도대체 무슨 상황이지? 원래 원정 경기를 다녀오면 이렇게들 반겨주는 건가?'

민우는 메이저리그 데뷔 경기를 홈에서 치루기는 했었다.

하지만 단 한 타석의 교체 출전이었고, 그 뒤로 곧장 원정길에 올랐기 때문에 다저스 팬들의 자신을 향한 애정과 사랑이 얼마나 불타오르고 있는지를 전혀 모르고 있었다.

민우가 천천히 시선을 돌리며 눈을 마주칠 때마다, 마치

TV에서만 보던 아이돌 가수를 맞이하는 여성 팬들처럼 돌아가며 비명을 지르고 있었다.

'와……. 이래서 홈이 좋다고들 하는 거겠지. 계속 야유만 받다가 이렇게 격하게 반겨주니 적응이 안 되는데.'

민우는 연신 자신의 이름을 연호하는 이들의 모습이 적응이 되지 않는 듯한 표정으로 주변을 둘러보았다.

주변에 자리한 선수들은 입가에 미소를 지으며 손을 흔들고 있었지만, 역시 지금의 상황이 어리둥절한 듯한 표정이 드러나고 있었다.

다저스의 선수들과 코치진, 스태프들은 순식간에 불어나는 사람들의 모습에 게이트 앞에 쳐진 바리케이드를 벗어나지 못하고 있었다.

그리고 그들 사이에서 기븐스가 민우를 바라보며 입을 벙긋거렸다.

'이거 다 너 때문이야. 인마!'

그 모습에 민우는 어색하게 웃으며 조용히 고개를 돌렸다.

잠시 뒤, 공항 보안 요원들이 나타나고 나서야 팬들이 길을 터주었고, 그제야 그들은 힘겹게 공항을 빠져나가 구단 버스에 몸을 실으며 한숨을 돌릴 수 있었다.

그리고 민우는 버스가 목적지에 도착할 때까지 기븐스의 추궁 아닌 추궁을 받으며 식은땀을 흘려야 했다.

곧 각자의 숙소로, 집으로 흩어진 다저스의 선수들은 달콤

한 휴식일을 맞아 고된 원정길에서 쌓인 피로를 풀며 시간을 보냈다.

*　　　*　　　*

다저스타디움.

공식적인 수용 인원은 56,000명으로 메이저리그 구장 중 최대 수용 인원을 자랑하는 구장이었다.

그리고 그 수용 인원에서 알 수 있듯이, 56,000석이 한 자리도 빠짐없이 가득 들어차는 것을 보는 것은 한 시즌에서도 손에 꼽을 정도로 굉장히 힘든 일이었다.

특히 다저스의 부진이 연일 이어지면서 시즌 막바지를 향해 갈수록 그 평균 관중은 점점 줄어드는 추세였다.

그런데 바로 오늘, 긴 원정길에서 돌아온 다저스의 첫 홈경기에서 단 한 장의 표도 남김없이 모두 팔리며 매진을 기록했다.

더욱 고무적인 것은 주말 경기가 아님에도 매진이 되었다는 것이었다.

그리고 그 이유의 중심에는 현재 8경기 연속 홈런 기록을 세우며 메이저리그를 초토화시키고 있는 민우가 있었다.

다저스의 팬들은 세계기록인 9경기 연속 홈런 기록을 다저스의 선수인 민우가 달성하는 광경을 두 눈으로 직접 보려는 것이었다.

“오늘도 홈런을 때려줬으면 좋겠는데.”

“내가 강과 동시대에 같이 살고 있다는 사실이 너무나도 행복해.”

또래로 보이는 두 흑인 청년의 대화에 그 옆에 서 있던 금발 청년이 씨익 미소를 지었다.

“그뿐이야? 난 그 상대가 자이언츠라는 것에 벌써부터 가슴이 두근거린다고! 여기서 민우가 자이언츠를 상대로 기록을 세워 버리면 영원히 놀려줄 수 있잖아! 흐흐흐!”

“그거 상상만 해도 즐거운데? 푸하핫!”

“크크크큭!”

“아! 문 열린다. 들어가자!”

나란히 선 채 웃고 있던 세 청년은 게이트가 열리는 모습에 빠르게 걸음을 옮겼다.

그들의 입고 있는 유니폼의 뒤에는 KANG이라는 글자와 73번이라는 번호가 복사라도 한 듯 나란히 새겨 있었다.

다저스타디움은 시즌 티켓 소지자는 경기 시작 3시간 전부터 입장을 할 수 있고, 일반 관중들은 1시간 30분 전부터 입장해 선수들의 훈련 장면을 볼 수 있었다.

그리고 오늘은 경기 시작 1시간 30분 전부터 다저스타디움에 푸른 물결이 요동을 치기 시작했다.

"와……. 이게 바로 민우 이펙트인가."

기븐스의 중얼거림에 민우가 슬쩍 고개를 돌려 홈 플레이트 뒤쪽 관중석을 바라봤다.

"아직 경기 시작하려면 한참 남았는데, 엄청 많이 왔네요?"

관중석은 처음 데뷔전을 치를 때와 달리 벌써 반 이상의 팬들이 들어차 있었다.

그리고 그들은 선수들의 훈련에 방해를 주지 않기 위해 대부분 조용히 앉아 있거나 집에서 만들어온 피켓을 들고 눈을 초롱초롱 빛내고 있었다.

그때 민우와 눈이 마주친 팬이 놀란 듯 소리를 지르자 그 주변의 팬들도 동시다발적으로 피켓을 흔들며 가볍게 응원의 말을 내뱉고 있었다.

"꺄아~!"

"오늘도 홈런 부탁해!"

"우리의 눈앞에서 대기록을 써줘!"

특히 그들 사이로 동양계 사람들도 꽤나 많이 보이고 있었는데, 그들이 들고 있는 피켓에는 민우에게도 익숙한 한국어가 쓰여 있었다.

그 익숙한 언어에 왠지 모를 따뜻함을 느낀 민우가 그들을 향해 손을 흔들어주자 그들의 표정이 곧 환하게 바뀌어갔다.

"강민우 화이팅!"

"넌 한국의 자랑이다!"

"우유 빛깔 강민우!"

"사랑해요 강민우!"

'한국인들도 많이 왔구나.'

과거, 박찬오가 LA다저스에 있을 때, 한인 팬들이 박찬오가 등판하는 경기를 보기 위해 경기장을 많이 찾았다고 했다.

그랬던 사람들이 지금은 자신을 보기 위해 경기장에 왔다는 생각을 하니 꽤나 묘한 기분이 들고 있었다.

그런 민우의 생각을 읽은 듯, 기븐스가 조용히 다가와 말을 뱉었다.

"인마! 저 사람들만이 아니야. 여기 온 사람 대부분이 다 너 보러 온 거라고. 그러니까 빠릿빠릿하게 움직여! 네 차례가 아닐 땐 배트라도 휘둘러!"

기븐스의 말에 민우가 천천히 배트를 휘두르며 팔 근육을 자랑하기 시작했다.

"음… 이런 게 무슨 의미가 있어요?"

민우는 팬들에게 등을 보인 상태로 기븐스에게 조용히 물음을 건넸다.

그러자 기븐스가 혀를 차며 고개를 젓고는 씨익 웃어 보였다.

"쯔쯔. 뭘 모르는구나. 팬들은 네가 멀뚱히 있는 것보다는 쉬지 않고 무언가를 하고 있는 걸 좋아한다고. 그걸 보기 위해서 이 이른 시간에 경기장을 찾은 거니까. 이런 게 다 팬 서

비스야. 팬 서비스! 크크."

'흠. 그런 건가?'

힐긋 고개를 돌려보니 많은 이가 자신을 뚫어져라 바라보고 있는 것이 느껴졌다.

다시 기븐스를 바라보니 그는 이제 알겠냐는 듯한 눈빛을 보내며 웃음을 보이고 있었다.

그리고 그 모습에 어색하게 웃어 보인 민우가 더욱 열심히 배트를 휘두르기 시작했다.

—다저스가 오랜만에 홈으로 돌아왔습니다. 현재 내셔널리그 서부 지구는 순위 싸움이 치열해지면서 한 경기로 순위가 뒤집어질 정도로 한 치 앞도 바라볼 수 없는 상황이 만들어지고 있는데요. 이런 상황에서 홈에서 9연전을 치른다는 것은 굉장한 어드밴티지가 됩니다. 특히 상대해야 할 세 팀이 모두 다저스의 위쪽에 자리한 팀이란 것에 주목해야 하는데요. 그들로서는 조금은 불리한 원정 경기에서 승리를 차지하지 못한다면 언제든지 순위가 바뀔 수 있는 상황이기에 더욱 부담을 가질 것이라고 생각됩니다.

—예, 맞습니다. 현재 자이언츠는 여전히 2위 자리를 고수하고 있는 반면, 파드리스는 결국 1위에서 3위로 주저앉으며 하락세에 접어든 상태입니다. 그리고 로키스는 무려 10연승을 질주하며 1위 자리를 차지하는 반전을 일으켰는데요. 이 세

팀은 모두 다저스타디움에서 다저스와 각각 3경기씩을 치러야 합니다.

—그들의 부담은 그뿐만이 아닙니다. 바로 강민우 선수의 대기록은 여전히 이어지고 있다는 점인데요. 현재까지 8경기 연속 홈런을 기록하고 있는데 오늘 경기에서도 홈런을 쳐낸다면 메이저리그 최고 기록을 달성함과 동시에 세계기록과 타이를 이루게 됩니다.

—그렇군요. 지켜보기만 하는 저희들도 이렇게 가슴이 두근거리는데 대기록을 상대해야 하는 자이언츠는 얼마나 압박이 심할지 짐작조차 되지 않습니다.

—저도 같은 생각입니다. 그럼 오늘의 선수…….

오늘 자이언츠의 선발로 나선 투수는 지토였다.

지토는 지난 다저스와의 경기에서 그동안의 부진을 떨치고 7이닝 1실점의 호투를 보였고, 바로 직전 경기인 애리조나전에서도 6이닝 2실점을 기록하며 다시금 보치 감독의 신뢰를 받고 있었다.

특히 다저스 전에서의 호투가 인상적이었기에 오늘 경기에서도 지난 경기와 같은 호투를 보이길 바라고 있었다.

'문제는 역시 강이다. 강은 우리에게만 3개의 홈런을 가져갔으니까.'

더그아웃에서 지토의 연습 투구를 바라보는 보치 감독은

부담감에 머리가 지끈거렸지만, 그 표정만 봐서는 그가 어떤 고민에 빠져 있다는 생각이 들지 않을 정도로 평온해 보였다.

'지토, 6이닝만 버텨라. 2타석만 막아내면 오늘 경기에서 불펜을 총동원해서라도 녀석을 막아낼 테니까.'

2차전 선발은 3년 연속 200이닝 이상을 소화한 맷 케인이었다. 케인은 올 시즌 5이닝 미만의 투구를 한 적이 단 한 번뿐인, 감독의 입장에서 가장 믿음직한 투수였다.

그렇기에 오늘 경기에서 불펜을 총동원한다고 해도 크게 무리가 없는 상황이었다.

그리고 그런 보치 감독의 바람대로 지토는 1회부터 커브가 제대로 떨어지는 모습을 보이며 호투를 보이고 있었다.

마치 보치 감독의 믿음에 보답하듯 6이닝을 6피안타 3실점으로 막아내며 퀄리티 스타트를 기록한 지토는 7회, 마운드를 라몬 라미레즈에게 넘기며 자신의 임무를 마쳤다.

라몬 라미레즈는 시즌 중반 보스턴에서 자이언츠로 트레이드된 선수였는데 트레이드 이후 20이닝 동안 단 2실점에 피홈런을 하나밖에 허용하지 않고 0.90의 평균 자책점을 기록하며 완벽한 모습을 보이고 있는 투수였다.

7회 말, 마운드에 오른 라미레즈는 선두 타자인 7번 테리엇을 삼진으로 잡아낸 뒤, 8번 바라하스에게 행운의 안타를 내어주며 출루를 허용했다. 하지만 이후 나머지 두 타자를 모두 땅볼로 가볍게 처리하고 마운드를 내려갔다.

다저스타디움을 찾은 수많은 팬은 경기가 시작하기 전까지만 해도 흥분된 표정과 환한 웃음을 지은 채, 민우의 대기록 달성을 기대하고 있었다.

하지만 경기가 진행될수록 그들의 표정은 웃음 대신 근심 걱정이 가득한 얼굴로 바뀌어가고 있었다.

분명 경기를 이기고 있는 상황임에도 팬들은 그저 답답한 표정으로 그라운드를 바라보고 있었다.

"8회 말 공격은 2번 기븐스부터잖아. 그럼, 한 명이라도 출루를 하지 못하면 민우의 타석은 여기서 끝이란 거야?"

한 관중의 떨리는 목소리에 주변에 있던 많은 관중도 같은 생각을 떠올린 듯, 동공이 크게 흔들리고 있었다.

"9회 초에 자이언츠가 3점을 내면 타석에 들어설 수 있지 않을까?"

"미쳤어? 자이언츠가 3점을 어떻게 내. 오늘 커쇼가 던지는 거 봐봐. 완봉 모드인데 민우한테 기회를 주겠다고 일부러 점수를 내주겠어? 미치지 않고서야 불가능한 일이지."

모두의 시선이 마운드에 오른 커쇼에게로 향했다.

커쇼는 벌써 8회 초임에도 여전히 1회와 같은 위력적인 투구로 자이언츠의 타자들을 윽박지르고 있었다.

그가 오늘 경기에서 7회까지 뽑아낸 삼진만 벌써 12개였다.

슈우욱!

팡!

"스트라이크 아웃!"

그리고 8회 초, 첫 타자에게서 또 하나의 삼진을 잡아내는 모습은 관중들에게 혹시나 하는 생각조차 가지지 못하게 하고 있었다.

"이상한 생각하지 말고 정신 차려. 설마 8회 말에 한 명도 출루를 못하겠어?"

"설마 싶지만… 오늘 라미레즈의 구위가 너무 좋아. 아까처럼 행운의 안타라도 나오지 않는 이상 힘들지 않을까."

한 관중이 나지막이 내뱉는 이야기에 사람들의 얼굴은 급격히 어두워져 갔다.

선두 타자인 6번 유리베를 삼진으로 돌려세운 커쇼는 뒤이어 7번 산도발을 유격수 땅볼로, 8번 로완드를 3루 땅볼로 가볍게 돌려세우며 마운드에서 천천히 걸어 내려갔다.

자이언츠의 공격은 커쇼의 압도적인 구위에 눌려 다시금 무위로 돌아갔고, 커쇼는 완봉승을 1이닝을 남겨두게 되었다.

그리고 8회 말, 어쩌면 다저스의 마지막 공격이 될 수 있는 이닝이 시작됐다.

마운드 위에는 7회에 마운드에 오른 라미레즈가 다시금 올라와 가볍게 연습 투구를 하고 있었다.

그리고 그 성적을 증명하듯 구위는 포수가 원하는 곳에 정확히 꽂히는 모습으로 자이언츠의 포수, 포지는 공이 미트에 꽂힐 때마다 만족스러운 듯 고개를 끄덕이고 있었다.

"한 번만 출루하자 한 번만!"

"부담 갖지 말고 결대로 쳐!"

천천히 타석에 들어서는 기븐스를 바라보며 존슨과 포세드닉이 응원의 목소리를 냈다.

기븐스는 오늘 경기에서 3타석에 들어서 단 한 번도 출루를 하지 못하며 이전 경기까지의 타격감을 완전히 잃어버린 듯한 모습이었다.

그리고 타석에 들어서는 그의 마음속에는 약간의 부담감이 자리를 잡고 있기도 했다.

'하필이면 이런 상황이 될 줄이야…….'

기븐스는 어쩌면 다저스의 마지막 공격이 될 수도 있는 상황에서 선두 타자가 자신이 된 것에 가볍게 한숨을 쉬고 있었다.

3타석 3타수 무안타 1삼진.

기븐스가 오늘 기록한 성적이었다.

야구라는 것은 확률의 싸움이고, 미래를 예측하기가 쉽지 않은 스포츠였다.

그렇기에 4타수 4안타를 때린 타자가 다음 날에는 4타수 무안타 4삼진을 당하는 경우도 종종 있었다.

기븐스는 스스로 오늘 경기에서 최선을 다해 배트를 휘두르고, 몸을 날리며 수비에 임했다고 자부하고 있었다.

하지만 타석에서의 결과가 좋지 않았다.

팀이 이기고 있는 상황이었기에 그나마 다행이라고 할 수도 있었다.

단 한 경기에서 부진했다고 해서 낙담하기보다는 다음 경기에서 더욱 열심히, 잘하면 된다는 긍정적인 마음을 가지는 것이 슬럼프에 빠지지 않는 데에 도움이 되는 방법이라고 할 수 있었다.

그럼에도 그의 마음을 더욱 무겁게 하는 것엔 다른 이유가 있었다.

'민우가 마지막 타석에 들어설 수 있게 해주고 싶은데…….'

바로 민우가 9경기 연속 홈런에 도전할 수 있는 마지막 타석이 이번 이닝에 달려 있다는 것.

그리고 그걸 결정할 수 있는 3명의 타자 중, 선두 타자가 바로 자신이라는 것 때문이었다.

물론 냉정히 말해서 민우가 기록을 달성하지 못한다고 해서 그의 잘못이 되는 것은 아니었다.

민우 역시 오늘 5번 타자로 나서 타석에서 3번이나 기회를 얻었고, 3타석에서 안타 하나와 2루타 하나를 때려내며 타점과 득점도 각각 하나씩 기록했다.

하지만 기록이 걸려 있는 홈런을 쏘아내지는 못했다.

그것은 불가항력이었고, 기븐스가 어찌 해볼 수 있는 것이 아니었다.

오롯이 민우 스스로가 해내야만 하는 것이었다.

그럼에도 기븐스는 자신이 출루에 성공하지 못한다면 민우에게 돌아갈 수 있는 마지막 타석을 날려 버릴 수도 있다는 생각에 부담과 미안함, 때려내겠다는 의욕 등이 섞여 머리를 복잡하게 하고 있었다.

같은 야구 선수이기에, 타자이기에 연속 경기 홈런 기록이라는 것이 얼마나 달성하기 어려운 것인지, 또 평생에 한 번 올까 말까한 기록이라는 것을 잘 알고 있었다.

그렇기에 더더욱 민우에게 마지막 기회를 만들어주고 싶은 마음이 가득했다.

더그아웃에서는 티를 내지 않고 있었지만, 노장인 존슨이나 포세드닉, 블레이크는 그런 기븐스의 미묘한 변화를 눈치채고는 그의 부담을 덜어주려 노력하고 있었다.

그리고 민우 역시 묘하게 돌아가는 분위기를 느끼고 있었고, 동료들도 애써 티를 내지 않고 있다는 것을 대략적으로 짐작하고 있었다.

'다들 날 엄청 신경 쓰고 있어. 그럼 나도 내가 할 수 있는 최선의 모습을 보여야겠지.'

민우는 기븐스와 라미레즈의 대결을 하나도 놓치지 않겠다는 듯이 집중하며 혹여나 마지막 타석이 돌아올 것에 대비하고 있었다.

하지만 라미레즈는 최고 96마일짜리 포심 패스트볼과 86마일대의 종으로 떨어지는 슬라이더와 체인지업, 그리고 90마일 대의 싱커를 적재적소에 꽂아 넣으며 기븐스의 배트를 속수무책으로 돌아가게 만들고 있었다.

‘공 하나하나가 정말 위력적이야. 궤적에 대한 예측이 쉽지 않다. 기븐스가 고전하는 것도 이해가 돼.’

마운드 위에서 공을 뿌리는 라미레즈는 그 투구 폼이 안정적이라기보다는 역동적이라고 표현할 수 있었다.

180㎝에 겨우 턱걸이를 하는, 투수치고는 작은 키를 가지고 있었지만, 키는 단점이 되지 않는다는 듯, 그 손에서 뿌려지는 공은 여느 장신의 투수가 뿌리는 공만큼이나 굉장히 빠르고 위력적이었다.

라미레즈의 투구는 묵직하게 들어오는 포심 패스트볼이 절반 이상을 넘고 있었다.

그리고 세컨드 피치라고 할 수 있는 종으로 떨어지는 슬라이더가 그 뒤를 잇고 있었는데, 슬라이더보다 조금 덜 떨어지는 체인지업과 포심 패스트볼처럼 날아가다 오른쪽 하단으로 급격히 휘어져 나가는 싱커의 조합은 타자에게 상당한 혼란을 불러일으키고 있었다.

슈우욱!

틱!

팡!

“스트라이크 아웃!”

2볼 2스트라이크 상황에서 휘둘러진 기븐스의 배트는 공을 건드리는 데에는 성공했다.

하지만 96마일의 꿈틀거리는 포심 패스트볼은 배트에 스치는 정도로는 어림없다는 듯, 그 궤적을 거의 바꾸지 않은 채 곧장 포지의 미트로 빨려 들어갔다.

배트에 스치는 느낌에 곧장 뒤를 돌아봤던 기븐스는 파울팁으로 아웃을 당했다는 것을 깨닫자마자 아쉬움이 가득한 표정으로 두 눈을 질끈 감은 채 고개를 치켜들었다.

"아아!"

"아쉽네."

"이제 2번 남은 건가……."

기븐스가 아웃을 당함과 동시에 선수들이 머리를 쥐어싸고 아쉬움을 드러냈다.

완봉 페이스로 마지막 이닝을 남겨둔 커쇼도 기븐스의 아웃에 꽤나 아쉬운 표정을 보이고 있었다.

민우 역시 기록이 걸려 있었기에 아쉬운 것은 마찬가지였다.

하지만 기븐스가 평소보다 더욱 최선을 다했다는 것을 알고 있었다.

그렇기에 민우는 더그아웃으로 돌아와 앉으며 조용히 고개를 숙인 그에게 고마움의 시선을 잠시 보내고는 다시 그라운드로 시선을 돌렸다.

'어설프게 무어라 하는 것보다는… 나한테 기회가 왔을 때 한 방을 날리는 게 최선의 방법이다.'

기븐스의 다음으로 타석에 들어선 이디어는 여러 개의 공을 커트해 내며 라미레즈와 벼랑 끝 싸움을 계속하고 있었다.

그리고 풀카운트 상황에서 다시 한 번 이디어의 배트가 돌아갔다.

슈우욱!

딱!

날카롭게 바운드된 타구가 투수의 옆을 스쳐 1루와 2루를 가를 듯 튕겨 나갔다.

그리고 그 모습에 선수들이 자리에서 벌떡 일어나며 환호성을 내뱉으려는 순간.

촤아아악!

자이언츠의 유격수, 유리베가 덩치에 어울리지 않는 잽싼 몸놀림으로 이디어의 타구를 끊어내고 말았다.

"오오… 아!!"

"됐… 허어."

벤치에서 반쯤 일어났던 선수들이 동시에 허탈한 표정으로 1루로 쏘아지는 공을, 뒤늦게 1루 베이스를 밟는 이디어를, 한 손을 들어 아웃을 선언하는 1루심을 차례차례 바라보며 아쉬움이 가득한 탄식을 내뱉었다.

다저스타디움을 가득 메운 푸른 빛깔의 물결도 크게 출렁이고는 여기저기서 저음의 탄식이 들려왔다.
아웃 카운트는 순식간에 2개로 늘어나고 말았다.
타석에는 이제 4번 타자인 로니가 들어서고 있었다.
로니가 타석으로 향하는 모습에 민우는 곧장 헬멧을 쓰고는 배트 꽂이에서 자신의 배트를 천천히 뽑아 들었다.
그런데 지금껏 느껴지지 않던 묘한 긴장감이 배트를 쥔 손에서 느껴지고 있었다.
'내가 지금 긴장을 한 건가?'
손에 쥔 배트가 어색하게 느껴진 것은 처음이었다.
마이너리그에서 연속 홈런 기록을 써 내려갈 때도, 실패했을 때도 느껴지지 않았던 종류의 긴장감이었다.
하지만 긴장감에 발목을 잡혀서는 기회가 와도 좋은 결과를 가져올 수 없다는 것을 잘 알고 있었다.
그렇기에 민우는 배트를 쥔 손에 힘을 주고는 굳은 표정을 지은 채, 천천히 몸을 돌렸다.
'가보자. 여기서 끝나도 내 운이고, 기회가 오는 것도 운이다. 만약 기회가 돌아오면 절대로 놓치지 말자. 최선을 다해서 공을 때리자. 그거면 된다.'
곧, 더그아웃을 나서려는 민우의 엉덩이를 누군가가 툭 쳤다.
민우가 힐긋 고개를 돌리니 토리 감독이 민우를 바라보며 인자한 미소를 짓고 있었다.

"다녀와라."

짧은 한마디였다.

그런데 그 말 한마디에 민우의 몸에 자리 잡고 있던 미묘한 긴장감이 녹아 없어지는 것이 느껴졌다.

민우도 미소를 지은 채 고개를 말없이 끄덕여 보이고는 대기 타석으로 향했다.

—타석에는 4번 타자인 로니 선수가 들어서고 있습니다. 그리고 대기 타석에는 오늘의 주인공이라고 할 수 있죠? 연속 경기 홈런 기록을 이어가고 있는 강민우 선수가 들어서고 있습니다.

—강민우 선수는 현재 8경기 연속 홈런 기록을 이어가고 있는데요. 앞선 세 타석에서는 2개의 안타를 기록했지만 홈런을 만들어내지 못했습니다. 그리고 지금 다저스의 마지막 공격이 될지도 모르는 상황에서 아웃 카운트는 벌써 2개가 채워진 상태입니다. 초구는 95마일의 포심! 스트라이크입니다.

—네. 말씀하신대로 여기서 4번 타자인 로니 선수가 출루에 성공한다면 강민우 선수에게 메이저리그 역사에 길이 남을 홈런을 때릴 수 있는 기회가 다시 한 번 주어지게 되는데요. 2구는 볼입니다.

—그래서인지 다저스타디움을 가득 메운 관중들은 하나같이 양손을 가슴 앞으로 모은 채, 타석에 온 정신을 집중하고

있는 모습입니다. 제3구. 쳤습니다!

공 2개가 들어올 동안 미동조차 하지 않던 로니의 배트가 3구째에 매섭게 돌아갔다.

딱!

하지만 거친 타격음과 함께 낮게 쏘아진 타구는 바운드가 되며 2루수인 산체스의 정면으로 향했다.

다저스타디움에 자리한 모든 이들은 글러브를 다리 사이로 내리고 있는 산체스를 간절한 눈빛으로 바라봤다.

'제발!'

'놓쳐!'

'흘리라고!'

한 번, 두 번 바운드된 타구가 산체스의 바로 앞에서 다시 한 번 바운드되는 순간.

툭!

돌부리에라도 걸린 듯, 타구가 돌연 크게 튀어 오르더니 산체스의 글러브 대신 그의 팔목을 때리고 높이 떠올랐다.

1루를 향해 전력으로 달리며 자신의 타구를 바라보던 로니는 산체스가 공을 더듬는 순간, 마치 역전 결승타를 날린 것마냥 한 손을 하늘을 향해 휘두르며 기쁨을 드러냈다.

뒤늦게 공을 주워든 산체스가 1루 베이스를 향해 몸을 돌렸지만 이미 로니는 베이스를 밟고 지나간 뒤였다.

평범한 땅볼 타구가 행운의 안타로 뒤바뀌는 순간이었다.

"좋아!!"

"잘했어!!"

"나이스 로니!!"

믿을 수 없는 광경에 다저스타디움이 일순간 푸른 물결이 요동치며 환호성이 터져 나왔다.

그리고 그 환호성은 곧 대기 타석을 벗어나는 민우에게 향했다.

"우오오!!"

"강! 강!"

"홈런! 홈런!"

"제대로 한 방 날려 버려!!"

"자이언츠를 뭉개 버려!"

그 목소리는 마운드를 지키고 있는 라미레즈에게 엄청난 압박감을 주고 있었다.

반면 민우는 그들의 목소리에서 무언가 알 수 없는 힘이 전해지는 듯한 느낌에 가슴이 두근거리고 있었다.

온몸에서 알 수 없는 기운이 용솟음치고 있었다.

조금 전까지 자리 잡고 있던 미약한 긴장감은 사라지고, 해낼 수 있다는 자신감이 솟아나기 시작했다.

'기회는 만들어졌다. 여기까지 왔으니 절대 놓치지 않는다. 가보자!'

척.

타석에 들어서 바닥을 고르는 민우를 향해 포지가 넌지시 말을 걸어왔다.

"오늘 경기 마지막 타석이 되겠는데?"

오늘 경기가 치러지는 내내 민우에게 아무런 말도 걸지 않았던 포지였다.

그런 포지가 민우를 바라보며 미소를 짓고 있었다.

팀이 한 점도 내지 못하고 지고 있는 상황이기에 자신에게 무어라 트래시 토크라도 날릴 줄 알았던 민우는 이어진 포지의 말에 덩달아 미소를 지었다.

"그동안 고생했다. 마지막이 될지도 모르니까 최선을 다해 보라고. 우리도 절대 봐주지 않을 테니까."

"고맙다. 하지만 이게 마지막이 될지도 모르니까 꼭 날려야겠지? 제대로 한 번 해보자고."

민우의 응수에 피식 웃어 보인 포지가 미트를 구깃거리며 자리에 쭈그려 앉았다.

그렇게 둘이 웃음기 띈 얼굴로 대화를 하는 모습을 바라보고 있던 라미레즈의 표정은 꽤나 답답한 듯 느껴지고 있었다.

'지금 한가하게 노가리 까고 있을 때야? 녀석을 무너뜨릴 방법을 생각해야지.'

메이저리그에서 기록을 얼마나 명예롭게 생각하는지는 라미레즈도 익히 알고 있었다.

그리고 연속 경기 홈런 기록이 얼마나 대단하고, 가치가 있는 것인지도 알고 있었다.

메이저리그 역사에서 연속 경기 홈런 기록을 세운 위대한 타자들도 메이저리그에서 몇 년간의 적응 기간을 거쳐 자리를 잡은 뒤에야 기록을 만들어냈다.

하지만 상대는 영원한 앙숙이자 지구 라이벌인 LA다저스였고 기록을 써 내려가고 있는 타자는 이제 갓 메이저리그에 데뷔한 루키였다.

마이너리그와 메이저리그가 엄청난 수준 차이를 보인다는 것은 메이저리그를 경험한 그 어떤 선수에게 물어도 고개를 끄덕일 정도로 당연한 사실이었다.

그렇기에 남들이 보기에는 루키가 세워서 더 대단한 기록이라고 느낄 수 있었다.

라미레즈 역시 메이저리그 8경기 연속 홈런이라는 타이기록을 세웠다는 소식을 들었을 때만 해도 대단하다며 박수를 쳐 줄 정도였다.

하지만 홈런을 얻어맞는 당사자에게는 그것만큼 굴욕적인 경험이 없다고 할 수 있었다.

앞서 루키에게 8경기 연속 홈런 기록을 허용한 당사자인 애스트로스도 엄청난 굴욕을 느꼈을 것이다.

그리고 이제는 자이언츠에게 그 기록의 희생양이 될 차례가 넘어온 상황이었다.

그리고 마운드 위에 서 있는 투수는 박수를 치며 놀라움을 표했던 라미레즈, 그 자신이었다.

라미레즈는 주변을 가득 메우고 있는 56,000의 푸른 물결에 시야를, 그들의 함성에 청각을, 그리고 타석에 들어선 민우의 기록에 자신감을 빼앗기고 심리적으로 압박을 느끼고 있었다.

찰나의 시간이 흐르고, 주심이 경기를 재개시킴과 함께 포지가 천천히 다리 사이로 손을 넣어 사인을 보내기 시작했다.

곧 고개를 끄덕인 라미레즈가 하이 키킹과 함께 거의 주저앉듯이 무릎을 굽히며 강하게 스트라이드를 내디뎠다.

슈우욱!

상체를 크게 비틀며 휘둘러진 팔에서 쏘아진 공이 빠르게 홈 플레이트를 향해 날아왔다.

동시에 민우도 몸을 살짝 숙이며 공의 궤적을 예측했다.

'바깥쪽 낮은 코스. 애매해.'

팡!

"볼!"

초구는 바깥쪽으로 흘러나가는 싱커였다.

슈우욱!

팡!

"스트라이크!"

이어 자이언츠 배터리는 바깥쪽 높은 코스로 꽂히는 하이 패스트볼로 스트라이크를 잡으며 균형을 맞췄다.

슈우욱!

팡!

"볼!"

3구는 한가운데 패스트볼처럼 날아오다 아래로 푹 꺼지는 포크성 종 슬라이더로 민우의 배트를 유혹했다.

그 모습에 민우의 배트가 언제라도 튀어나올 듯 뒤로 젖혀졌지만 아주 조금 돌아 나오다 멈춰 섰다.

이어 4구는 바깥쪽 패스트볼이었는데 다시 한 번 볼이 되고 말았다.

공이 하나하나 뿌려질 때마다 흥분과 진정을 반복하던 다저스의 팬들은 3볼 1스트라이크 상황이 만들어지자 두 손을 모은 채, 침 삼키는 소리가 들릴 정도로 조용히 그라운드를 바라보고 있었다.

'볼 하나면 볼넷이야.'

'설마 볼넷으로 출루하진 않겠지?'

'못 먹어도 휘두르는 게 낫지 않을까?'

모두가 머릿속에 다양한 경우의 수를 떠올렸지만 초반과 달리 아무도 입 밖으로 무슨 말을 꺼내지 않고 있었다.

공을 뿌리는 라미레즈도, 그 공을 상대하는 민우도, 공을 잡는 포지도 움직임 하나하나에 예리함이 깃들어 있는 듯 보였다.

56,000명이 아무런 소리도 내지 않은 채 정적에 휩싸인 모습은 가히 장관이라고 할 수 있었다.

그리고 그 분위기는 그라운드에 서 있는 모든 선수에게 영향을 미치고 있었다.

민우는 조금씩 두근거리는 가슴을 진정시키기 위해 숨을 크게 내쉬었다.

잠시 뒤, 사인을 받은 라미레즈가 글러브를 들어 올리는 모습에 민우도 곧 자세를 잡았다.

슈우욱!

5구는 몸을 맞출 듯하다가 크게 꺾이며 몸 쪽 낮은 코스를 찌르는 싱커였다.

스트라이크존으로 향하는 모습에 민우의 배트가 매섭게 돌아갔지만, 각도가 너무 좋지 않았다.

틱!

아슬아슬하게 배트에 닿은 공이 포수의 다리 사이로 빠르게 튕겨 나가 뒤쪽으로 사라져 버렸다.

동시에 전광판에 표시된 스트라이크 카운트가 2개로 올라갔다.

—제5구. 쳤습니다만, 파울입니다! 크게 뒤로 튕겨 나가며 백스톱을 때리고 멈춰 섭니다. 아~ 정말 긴장되는 순간이네요.

—3볼 1스트라이크로 몰려 있던 상황에서 정말 좋은 공을 꽂아 넣는 라미레즈입니다.

—지금의 스트라이크 카운트는 자이언츠 배터리에 정말 의미가 있다고 할 수 있겠습니다. 이 공으로 풀카운트 상황이 만들어졌는데요. 과연 자이언츠 배터리가 다음 공으로 대기록을 끊어낼 수 있을지, 강민우 선수의 배트가 새로운 기록을 만들어낼 것인지 정말 기대가 되는군요.

'이번 공은 진짜 제대로 긁혔나 보네.'

유리한 볼카운트에서 스트라이크존의 구석에 꽂아 넣는 공이었기에 배트를 내밀지 않을 수가 없었다.

만약 스윙을 하지 않았더라도 스트라이크 카운트는 올라갔을 것이다.

'계속해서 이렇게 뿌릴 수 있다면 조금 위험할지도 모르겠네.'

민우는 긴장된 몸을 풀어주기 위해 배터 박스에서 한 발을 빼고는 가볍게 좌우로 몸을 비틀었다.

볼이 들어오든, 스트라이크가 들어오든, 어쩌면 마지막 기회가 될 수도 있었다.

그리고 그런 생각이 들자 민우는 애스트로스 원정을 끝내고 돌아온 날 밤, 포인트 상점에서 구입한 스킬을 떠올렸다.

'그걸 바로 쓰게 될 줄은 몰랐는데…….'

*　　　*　　　*

"초감각?"

여느 때처럼 새로이 갱신된 상점을 확인하던 민우는 스킬 상점에 새로 갱신된 스킬을 발견하고는 두 눈이 크게 떠졌다.

11. 초감각(Active)—1,500p

—일주일에 한 번 사용 가능(체력 50 소모).

—1구(球)에 한해 효과 적용.

—시전자의 파워와 정확 능력치(순수 능력치)를 30% 상승시킵니다.

—시전 후 다음 세 타석에서 시전자의 파워와 정확 능력치(순수 능력치)가 20% 하락합니다.

'헐!'

파워와 정확 능력치가 무려 30% 상승하는 놀라운 스킬이었다.

그 상승 폭에 놀란 민우의 눈과 함께 그 입이 쩍 하고 벌어졌다.

하지만 그런 놀라움도 잠시였다.

'한 타석도 아니고 1구(球)면… 투수가 던지는 공 한 개에만

적용이 된다는 뜻이잖아?'

그 적용 범위가 굉장히 열악했다.

한 타석이라면 충분히 매력적인 스킬이었지만 1구라는 표현이 너무나도 애매했다.

그뿐만이 아니었다.

'페널티가 너무 심한데.'

스킬 설명의 맨 마지막 내용이 민우의 선택을 주저하게 만들었다.

만약 투수가 볼을 던졌을 때도 포함된다고 가정하면 다음 세 타석에서의 능력치 하락까지 손해만이 남는 스킬이었다.

'하지만… 그런 페널티를 생각하더라도 30%의 상승은 절대적이야.'

민우는 자신의 능력치를 확인하고는 고개를 끄덕거렸다.

[강민우, 23세]

—파워[R, 70(+11, 98%)/100], 정확[U, 74(+11, 87%)/100], 주력[U, 76(+8, 43%)/100], 송구[U, 72(+5, 80%)/100], 수비[U, 71(+8, 25%)/100]

—종합 [U, 363(+43)/500]

'아이템이나 버프 효과가 제외된다고 해도, 30%면 순수 능력치가 파워는 21, 정확은 23이 상승한다고 보면 되겠지.'

엄청났다.

효과가 적용된 후의 능력치는 파워가 91, 정확이 97이었다. 여기에 버프 효과가 더해지면 그 수치는 가히 괴물을 넘어선 신 급이라고 할 수 있었다.

'이건 언젠가 쓸 일이 분명히 있을 거야.'

비상시를 대비해 사용하는 포인트를 제외하고 사용 가능한 포인트는 정확히 1,510포인트가 있었다.

포인트까지 딱 맞아 떨어지니 고민할 것이 없었다.

민우는 곧장 '초감각' 스킬을 구매했다.

*　　*　　*

길게 고민할 것도 없었다.

이번 타석에서 홈런을 때리지 못한다면 기록 행진도 중단되고, 다저스타디움을 찾은 수많은 팬도 실망을 금치 못할 것이다.

스스로 가진 모든 능력을 총동원해도 모자랄 판에 다음 타석을 생각하며 힘을 아껴둘 필요는 없었다.

'초감각!'

지잉!

[초감각의 효과가 적용됩니다.]

[파워와 정확 능력치가 30% 상승합니다.]

[체력이 50 소모됩니다.]

'헉.'

순간적으로 온몸에 힘이 빠지는 느낌에 가슴이 철렁거렸다.

하지만 언제 그랬냐는 듯, 곧 온몸에 힘이 솟아오름과 동시에 주변을 가득 메운 사람들, 그라운드에 서 있는 선수들, 그리고 바람을 타고 흩날리는 잔디의 움직임까지 느껴지는 듯한 기분이 들자 민우의 눈빛이 순간 몽롱해졌다.

하지만 곧 정신을 라미레즈에게로 집중하자 주변의 감각이 모두 차단되며 라미레즈 한 명만이 시야를 채우기 시작했다.

그리고 라미레즈가 공을 쥔 손의 움직임 하나하나까지 느껴지고 있었다.

약에 취한다는 느낌이 이런 건가 싶을 정도로 몽롱하면서 또렷한 정신이 뭐든지 해낼 수 있을 것만 같은 느낌이었다.

'이게… 능력치 100의 효과인가……'

곧 민우가 타석에 들어서자 조그맣게 웅성거리던 관중들이 일제히 입을 닫았다.

포지의 사인을 받은 라미레즈가 굳은 얼굴로 고개를 끄덕이고는 글러브 속에 넣은 손을 데굴데굴 굴리기 시작했다.

곧, 그립을 잡은 라미레즈가 하이 키킹과 함께 강하게 공을 뿌렸다.

슈우욱!

빠르게 쏘아진 공은 스트라이크존의 한가운데로 날아오는 듯 보이는 보였다.

하지만 민우는 앞발을 톡톡 거리며 타이밍을 한 박자 늦추더니 곧 허리에 빠르게 회전을 걸며 배트를 매섭게 돌렸다.

그 모습에 미트를 내밀고 있던 포지와 공을 뿌린 라미레즈의 표정에 미소가 피어오르려는 순간.

따아아악!

공이 터져 버린 것은 아닌가 싶을 정도로 엄청난 타격음이 다저스타디움에 울려 퍼졌다.

—낮게 떨어지는 타구를 퍼 올렸습니다! 오 마이 갓! 미친 듯이 솟아오른 타구가 깊게! 멀리! 펜스를!!

동시에 다저스타디움을 가득 메운 푸른 물결이 모두 자리에서 일어나 '오오오' 하는 소리를 내며 우중간 방면으로 쏘아진 타구를 바라봤다.

하늘을 뚫어버릴 듯한 기세로 날아가던 타구는 빠르게 외야를 벗어나 펜스를 넘어갔고, 뒤이어 관중석을 지나 그 너머로 사라져 버렸다.

시야에서 타구가 사라지는 순간, 다저스타디움이 무너질 듯이 들썩이기 시작했다.

"우와아아아아!!"

"장외 홈런이야!!!"

"미쳤어!! 미쳤다고!!"

"9경기 연속 홈런이다!!"

"킹 캉! 킹 캉!"

그리고 그 홈런을 쏘아낸 주인공인 민우가 천천히 다이아몬드를 돌아 홈 플레이트를 밟으며 새로운 기록이 달성되었음을 만천하에 알렸다.

—강민우 선수가 떨어지는 공을 그대로 퍼 올려 엄청난 비거리의 장외 홈런을 만들어냈습니다! 믿을 수가 없습니다! 강민우 선수의 시즌 10호 홈런이자 메이저리그 9경기 연속 홈런이라는 최초의 기록이 달성되는 순간입니다.

—다저스타디움에서 장외 홈런을 날린 선수는 윌리 스타젤, 마이크 피아자, 마크 맥과이어뿐이었는데요. 지금의 이 홈런으로 장외 홈런을 때려낸 역대 4번째 선수에도 이름을 올립니다!

—그뿐만이 아닙니다. 윌리 스타젤이 기록하고 있는 다저스타디움 최장 비거리인 506피트(154m)를 넘어선 것으로 보이는데요. 이 점은 추후에 확인을 해봐야겠지만 그걸 제외하더라도 정말 대단한 홈런이 나왔습니다. 혜성처럼 나타나 메이저리그의 역사를 써 내려가는 저 선수가 이제 막 기지개를 켜

는 어린 선수라는 것이 믿기지가 않는군요.

더그아웃으로 들어섬과 동시에 민우는 여태껏 겪었던 환대 중 가장 격한 환대를 받았다.

팡팡!

"이런 당돌한 녀석!"

"너라면 해낼 줄 알았다! 알았어!"

"9월 홈런왕도 따 놓은 당상이라고!"

등과 허리가 끊어질 듯이 아팠지만 그만큼 새로운 기록을 달성해 냈다는 기쁨이 더 컸다.

그리고 민우의 뒤에서 헬멧을 잡아 벗겨준 기븐스가 민우의 등을 떠밀었다.

"어어? 기븐스?"

"커튼콜 한 번 해야지!"

기븐스의 이야기에 귀를 기울이니, 다저스타디움을 가득 메운 관중들은 아직도 박수갈채를 보내고 있었다.

민우는 곧 미소를 지은 채, 더그아웃의 계단을 올라 관중석을 바라보며 손을 들어 보였다.

그리고 그 모습에 관중들의 환호성과 박수 소리가 더욱 커졌다.

민우는 그들의 호응에 화답하듯 환한 미소를 보냈다.

대기록의 희생양이 된 자이언츠는 9회 초, 마지막 공격에서 커쇼에게 3삼진을 헌납하며 씁쓸하게 하루를 마감해야 했다.

이날 민우는 4타석 4타수 3안타(1루타 1, 2루타 1, 홈런 1) 3타점 2득점을 기록하며 시즌 타율 0.730이라는 미친 기록을 이어갔다.

경기가 끝난 뒤, 민우는 숙소로 돌아가지 못한 채, 곧장 기자회견장으로 향했다.

민우는 구단 직원과 토리 감독의 뒤를 따라 통로를 걸어가며 미간을 찌푸리고 있었다.

'후우. 이거 후유증이 꽤 있네.'

8회 말, 새로운 스킬인 '초감각'을 사용해 홈런을 날릴 때만 해도 상쾌하면서도 두근거리는 심장에 미칠 것만 같았다.

하지만 다저스타디움을 가득 메운 홈 팬들에게 웃으며 손을 흔들어 준 뒤, 더그아웃으로 돌아가는 순간, 온몸에 힘이 쭉 빠지는 느낌에 다리가 풀려 넘어질 뻔했다.

민우의 휘청거리는 모습을 본 동료 선수들은 이제야 긴장이 풀렸냐는 둥, 너도 사람이긴 한가 보다는 둥 별로 이상하게 생각하지 않는 모습을 보였다.

9회 초, 커쇼가 기가 막힌 삼진 3개로 자이언츠의 마지막 공격을 잠재웠기에 망정이지, 하마터면 큰 사고를 칠 수도 있었기에 아직도 9회 초를 생각하면 소름이 돋는 민우였다.

그리고 그 느낌이 처음보다는 나아지긴 했지만 아직도 미약하게 남아 있었고, 당장 숙소로 돌아가서 침대에 몸을 파묻고 싶은 마음뿐이었다.

'어우. 이거 효과 하나는 진짜 확실하고, 기분도 좋고… 아니, 아무튼 이건 진짜 함부로 쓰다가는 큰일 나겠어.'

순간 하늘을 날아갈 듯 몽롱한 기분이 들면서도 모든 감각이 또렷해지는 느낌은 꽤나 매력적이었다.

물론 일주일이라는 쿨 타임이 있었기에 중독이 되려야 중독이 될 수도 없었지만 민우의 온몸에 진한 잔상을 남겨두었다.

그리고 그 능력에 의존하게 된다면 평소의 경기력에도 영향을 미치리라는 생각이 들었다.

당장 문제가 되는 것이 9회 초의 수비만 봐도 적나라하게 나타났다.

'수비도 그렇고… 당장 다음 세 타석에서 능력치가 20%씩 하락한다고 했는데… 엄청 떨어질 텐데, 걱정이네.'

평균적으로 한 경기에서 4타석에 들어선다고 가정했을 때, 3타석에서 20%의 능력치 하락은 곧 모든 타격 지표의 하락을 의미했다.

그리고 지금 민우가 만들어가고 있는 기록인 연속 경기 홈런 기록에도 영향이 미칠 것은 당연한 말이었다.

하지만 스킬을 사용한 것에 후회는 없었다.

'뭐, 그래도 여기까지 온 것 자체가 기적이나 마찬가지니까.'

최선을 다했고, 결과도 좋았다.

혹시나 있을지 모를 후유증이 걱정되었지만 내일이 되면 바로 알 수 있을 것이다.

“거의 다 왔습니다.”

구단 홍보 담당자인 파커의 이야기에 곧 민우의 머릿속은 스킬에 대한 여러 가지 생각에서 기자회견에 대한 생각으로 바뀌어 갔다.

기자회견에 대한 설명은 경기가 끝나자마자 들었다.

아직 기록이 완전히 끊어진 것은 아니지만, 새로운 기록이 달성된 것만으로도 굉장한 의미가 있기에 간단하게 기자회견 정도는 해줘야 한다는 것이 구단의 뜻이라는 것을 파커가 대신 전해주었다.

‘이번 시즌 중에 단독으로 기자회견 같은 걸 하게 되리라고는 생각도 못 했었는데. 역시 그만큼 가치가 있다는 거지. 포인트도 그렇고.’

민우는 홈 플레이트를 밟으며 나타났던 히든 퀘스트 보상을 떠올리고는 입가에 미소를 지어 보였다.

[히든 퀘스트—누구도 걷지 못한 길 위에 서서 결과.]

—다저스타디움에서 만들어진 그 누구의 홈런보다 가장 긴 비거리의 장외 홈런을 날려 보냈습니다.

—메이저리그 최초의 기록인 9경기 연속 홈런 기록을 달성했

습니다.

—100년이 넘는 메이저리그 역사에서 그 누구도 달성하지 못한 유일무이한 기록을 남겼습니다.

—퀘스트 성공 보상으로 영구적으로 파워 +3, 정확 +30이 상승합니다. 5,000포인트가 지급됩니다.

'한 방에 5,000포인트나 줄 거라고는 생각조차 못했는데 말이야.'

5,000포인트는 지금껏 단일 퀘스트로 획득했던 포인트 중 가장 많은 양의 포인트였다.

100년이 넘는 역사를 가진 메이저리그에서의 최초의 기록이라는 것이 얼마나 가치가 있는 것인지를 아주 간단하게 증명해 주는 척도이기도 했다.

더군다나 아직 끝난 것이 아니었다.

아직 넘어야 할 고지가 있었다.

바로 세계 유일의 전무후무한 기록인 10경기 연속 홈런 기록이 남아 있었다.

지금은 메이저리그만을 놓고 보면 최초의 기록이었지만, 세계기록으로 본다면 타이기록을 가진 선수가 한국프로 야구에만 두 명이나 존재했다.

'이호대. 그리고… 강태성.'

실제로 만나본 적도 없는, TV에서나 보았던 이들이었다.

하지만 그들의 기록은 9경기에서 중단됐고, 자신의 기록은 아직도 현재진행형이었다.

'어쩌면… 유일무이의 기록을 달성하면 지금보다 더 많은 포인트를 줄지도 몰라.'

확실하지는 않았다.

하지만 오늘 달성한 9경기 연속 홈런 기록도 돌발 퀘스트가 아닌 히든 퀘스트로 보상이 주어졌다.

그렇게 다시금 혼자만의 생각에 빠져 있던 민우는 앞서 걷던 토리 감독이 멈춰 서는 모습에 상념에서 깨어났다.

기자회견장이 마련된 공간에 다다른 파커가 문손잡이를 잡고는 물음을 건넸다.

"준비되셨습니까?"

"준비됐네."

토리 감독이 대답을 하며 민우를 바라봤고, 민우도 가볍게 고개를 끄덕였다.

곧 문을 열고 홍보 담당자가 먼저 들어섰고, 뒤이어 토리 감독과 민우도 기자회견장 안으로 들어섰다.

파박!

파바박!

동시에 전면에서 쏘아지는 플래시 세례에 민우가 순간 미간을 살짝 찌푸렸다.

하지만 곧 적응이 된 듯, 빠르게 자리에 앉으며 인터뷰가 시작되었다.

"먼저 미국 언론사부터 질문을 받겠습니다. 선수의 컨디션 유지를 위해서 꼭 필요한 질문만 해주시기 바랍니다."

'미국 언론사? 그럼 한국 언론사도 있다는 건가?'

인터뷰를 적절하게 조율할 파커의 진행 멘트에 민우가 곧장 주변을 둘러봤다.

그리고 저 앞쪽을 차지하고 있던 미국 기자들에게 가려져 있던 사람들의 모습이 보이기 시작했다.

그리고 그 사이엔 익숙한 얼굴인 이아름 기자도 포함되어 있었고, 민우와 눈이 마주치자 반갑다는 듯 환한 미소를 보이고 있었다.

그 눈빛이 마치 잘 자란 자식을 보는 듯했기에 민우는 묘한 기분에 사로잡혀 속으로 어색하게 웃고 말았다.

곧 빠르게 손을 든 기자가 가볍게 첫 질문을 시작했다.

"우선 메이저리그 신기록인 9경기 연속 홈런을 달성한 것을 진심으로 축하합니다. 사실, 로키스의 툴로위츠키 선수도 9월에 들어서만 벌써 8개의 홈런포를 날리며, 물론 연속 홈런은 아니지만 시즌 베스트의 모습을 보이고 있음에도 강민우 선수에 비하면 2개가 모자란 수치입니다. 이제 갓 메이저리그에 데뷔한 루키 선수가 쉬이 만들어낼 수 있는 기록이라고는 생각하지 않는데요. 주간 MVP에 더 나아가 월간 MVP까지 차지할 기세인데, 현재 기분이 어떤지 궁금하고, 혹시 마지막 타석에서 어떤 공을 생각하고 들어간 것인지 궁금합니다."

약간은 진부한 질문이었지만, 모두가 궁금해하는 질문이기도 했다.

그 질문에 민우가 옅게 웃으며 입을 열었다.

"기분이 너무나도 좋습니다. 일단 앞선 타석에서 동료들이 최선을 다해줬기에 결국 저에게 홈런을 때릴 기회가 돌아온 것이라고 생각합니다. 제가 한 것은 그들이 준 기회에서 그저 배트를 휘두른 것뿐입니다. 그래서 만약 제가 어떤 상을 받더라도 공은 그들에게 돌리고 싶습니다. 그리고 풀카운트 상황에서 마지막 공을 던지기 직전에 마치 이번에는 무조건 때릴 수 있을 거라는 생각이 들었는데요. 상대 투수였던 라미레즈의 움직임 하나하나가 눈에 들어왔고, 그가 공을 뿌리는 순간, 저도 모르게 공을 따라 배트를 휘둘렀는데 정신을 차리고 보니 장외로 날아가는 홈런이 되어 있었습니다. 하하. 홈구장인 다저스타디움에서 다저스를 응원해 주는 수많은 팬의 눈앞에서 만들어낸 기록이기에 더욱 기쁨이 큽니다. 오늘의 이 홈런은 제 생애 최고의 홈런으로 꼽고 싶습니다."

민우의 대답이 끝나기가 무섭게 기자들이 무서운 기세로 손을 들었고, 파커는 익숙하다는 듯 그들 중 한 기자를 가리키며 인터뷰를 진행시켰다.

"마지막 타석에서 보여준 스윙은 지금껏 강민우 선수가 보여주었던 모습 중 가장 매서웠습니다. 노리고 있던 공이어서 대응할 수 있었던 것인지, 내일 경기에서도 홈런을 때려낼 자신이 있는지 궁금합니다."

"앞선 대답과 연결이 될지도 모르겠네요. 노리고 있던 공은 아니었습니다만, 제 두 눈은 공을 끝까지 봤고, 몸이 본능적으로 반응을 했는데 그 결과가 좋았습니다. 사실, 제가 홈런을 때릴지, 아닐지는 저도 타석에서 배트를 휘두르기 전까지는 알 수 없습니다. 하지만 내일 경기에서도 오늘 홈런을 때려냈을 때의 감각을 잃지 않기 위해 노력할 것이며, 기회가 주어진다면 전 언제나 최선을 다할 것이라고만 말씀드리고 싶습니다."

기자들의 질문은 계속해서 쏟아졌고, 민우는 마이너리그에서 인터뷰에 어색해하던 모습은 온데간데없이 자신의 생각을 정리해 오목조목 대답하고 있었다.

"오늘 경기에서 승리했음에도 다저스는 여전히 내셔널리그 서부 지구 4위에 머물러 있습니다. 하지만 강민우 선수의 합류 이후, 중앙 수비와 타선의 물꼬가 트이면서 상승세를 타고 어느덧 1위와의 격차가 크게 줄어든 상태인데요. 만약 개인 기록과 팀의 지구 우승 중에 하나를 선택하라면 어떤 걸 선택하고 싶습니까?"

잘나가다가 삼천포로 빠지는 한 기자의 질문에 민우가 잠시 고민하는 듯하더니 곧 두 눈을 빛냈다.

"개인 기록도 결국 팀의 성적이 뒷받침되어야 빛을 내는 것이라고 생각합니다만, 반대로 제가 기록을 세우는 것이 팀의 성적에도 도움이 된다고 생각합니다. 그래서 저는 두 마리 토끼를 다 잡고 싶습니다."

민우의 대답에 기자들은 지금껏 보였던 움직임 중 가장 빠르게 키보드를 두들기며 기사 내용을 추가했다.

곧 파커는 미국 언론사의 인터뷰가 끝났음을 통보했고, 그들을 대신해 한국 언론사의 인터뷰가 시작되었다.

그들의 질문은 미국 언론사와는 달리 경기 외적인 내용에 대체로 한국과 관련된 질문이 많았다.

타지 생활에 어려움은 없었는지, 팀 내 선수들과는 친한지, 한국 선수들을 만나보고 싶은지 등이었다.

민우는 그 질문들에 하나하나 성실이 답변해 주었고, 어느덧 인터뷰가 막바지를 향해갔다.

"마지막 질문을 받겠습니다."

파커의 통보에 한국 기자들이 빠르게 손을 들었고, 선택받은 자는 미소를, 선택받지 못한 자는 아쉬움을 표하며 귀를 기울였다.

마지막 순서에 당첨된 아름이 곧장 눈을 빛내며 질문을 건넸다.

"9경기 연속 홈런이라는 타이기록을 가지고 있는 강태성, 이호대 선수와 강민우 선수는 모두 한국인인데요. 특히 강태성 선수는 마침 강민우 선수의 과거 소속 팀인 LC에서 맹활약을 하고 있고, 다음 시즌 미국 진출을 노리고 있습니다. 아무래도 강민우 선수를 기점으로 한국프로 야구의 수준이 올라가면서 그 계약에도 영향을 미칠 것 같은데, 강태성 선수가 메이저리그에 진출한다면 어느 정도의 성적을 낼 것이라고 예상하고 있습니까?"

그 질문에 민우가 난감한 표정을 지어 보였다.

'이제 막 메이저리그에 데뷔한 루키한테 할 적절한 질문은 아닌 것 같은데…….'

메이저리그에 데뷔한 지 이제 겨우 2주를 향해 달려가고 있었다.

엄청난 기록을 달성했지만 아직 리그를 판단할 정도의 경험은 부족하다고 할 수 있었다.

대답을 잘못했다가는 메이저리그의 수준을 기만하는 대답이 될 수도 있었고, 자신보다 먼저 프로에 입문한 선배 선수를 무시하는 건방진 녀석이 될 수도 있었다.

하지만 그 질문은 모든 기자들의 관심사라는 듯, 모두가 민우의 입이 열리기만을 기다리고 있었다.

결국 고민을 거듭하던 민우가 천천히 입을 열었다.

"음……. 풀타임 출전을 하게 된다면 20홈런은 충분히 때려내지 않을까 싶습니다. 타율이나 타점 같은 세부적인 성적은 어떤 변수가 생길 수 있기에 쉬이 추측이 어렵습니다."

마지막 질문을 끝으로 인터뷰가 종료되었고, 토리 감독과 민우는 빠르게 기자 회견장을 빠져나갔다.

"고생했다. 들어가서 쉬어라."

"감독님도 수고하셨습니다. 내일 뵙겠습니다."

토리 감독과의 빠른 작별 후, 민우는 구단 제공 차량을 타고 뒤늦게야 숙소에 돌아갈 수 있었다.

민우가 숙소의 침대에 몸을 파묻을 즈음, 빠르게 한국으로 전송된 기사는 순식간에 대형 포털 사이트의 스포츠 뉴스 란의 메인 페이지를 장식했다.

기사를 본 야구팬들의 반응은 가지각색으로 나타났다.

—강민우 진심 대박이다. 데뷔하자마자 9경기 연속 홈런이라니? 메이저리그 신기록이라니? 얘는 미쳤어!

—이 기세면 월간 홈런 신기록도 가능할 듯.

—한국 타자들의 선구자 역할을 톡톡히 하는구나. 강민우 덕분에 다른 타자들도 미국 진출 쉬워지겠다.

—강태성 미국 진출 미룬 건 신의 한수다. 강민우 덕분에 연봉 두 배는 더 받겠는데? ㅋㅋㅋ

—에이~ 아무리 그래도 강태성은 이번 시즌 아시아 홈런 신기록까지 만들어낸 타자인데, 강민우가 아니더라도 충분히 대우받고 갔을 걸?

—글쎄. 아무리 그래 봐야 메이저리그 〉 넘사벽 〉 한국 프로야구지. LC에서 신고 선수로 있었던 강민우가 메이저리그에

서 저런 성적을 냈으니까 한국 프로야구를 조금은 높게 보게 되겠지. 강태성도 영향이 없진 않을 거고.

민우가 연일 메이저리그에서 맹활약하며 세워 나가는 기록의 반작용으로 한국의 일부 야구팬들 사이에서 강태성이라는 이름은 어느새 흔한 가십거리 수준으로까지 떨어져 있었다.

그리고 그 당사자인 태성은 스마트폰을 손으로 밀어 올리며 기사를 확인하고, 추천이 가장 많은 댓글을 확인하고는 입꼬리를 말아 올렸다.

'하. 이거 꽤나 건방진 녀석이네. 내가 겨우 20홈런을 친다니. 내가 이 녀석의 덕을 볼 거라는 것도 그렇고, 다들 현실을 너무 모르는군. 뭐, 조금만 기다리라고. LC가 한국시리즈에서 우승하면, 다음 순서는 메이저리그니까. 누가 진짜인지 똑똑히 알게 되겠지.'

곧 스마트폰의 화면을 끈 태성이 조용히 등받이에 등을 기댔다.

다음 날, 다저스타디움에 다시금 푸른 물결이 가득 들어차며 연이틀 매진 행렬을 이어갔고, 민우를 향한 관심이 뜨거운 것을 증명하고 있었다.

하지만 자이언츠와의 2차전 경기는 팬들의 바람과는 다르게 흘러가기 시작했다.

4회까지 호투를 이어가던 다저스의 선발, 빌링슬리가 5회 2실점, 6회 1실점을 내어주며 스코어가 0 대 3으로 벌어졌다.

반면 자이언츠의 선발인 케인은 6회말 1아웃 상황에서 4번 로니에게 안타를 허용하기 전까지 단 3피안타의 호투를 보이며 다저스의 타선을 완전히 봉쇄하고 있었다.

6회말 1아웃, 주자 1루 상황.

세 번째 타석에 들어선 민우에게 다저스타디움을 채운 모든 이들의 관심이 쏠려 있었다.

하지만 그런 그들의 기대에 찬 눈빛이 무색하게도 민우의 스윙은 어제와 같은 매서움을 보이지 못하고 있었다.

슈우욱!

부웅!

팡!

"스트라이크 아웃!"

"하아."

79마일짜리 커브의 위력적인 움직임을 따라가지 못한 민우의 배트가 허무하게 허공을 가르고 말았다.

민우가 가볍게 한숨을 내쉬며 몸을 돌렸다.

전광판에 자리한 아웃 카운트 표시에 붉은빛이 하나 더 추가되며 2아웃이 되었음을 알려주고 있었다.

—스트라이크 아웃! 오늘 경기에서 삼진 7개째를 뽑아내고 있는 자이언츠의 케인 선수입니다.

—아~ 반면 너무나도 힘없는 스윙으로 물러나고 마는 강민우 선수인데요. 어제 마지막 타석에서 보여주었던 엄청난 스윙이 신기루였다는 듯, 지금 저 선수가 과연 어제의 그 선수가 맞는지 궁금할 정도로 무기력한 모습을 보여주며 다저스의 팬들을 안타깝게 하고 있습니다.

민우가 삼진을 당하며 돌아서는 모습에 관중들은 각자 들고 있던 응원 피켓을 접어 내리며 아쉬움이 가득한 한숨을 내쉬는 모습이었다.

"아아아!"

"이번엔 삼진이야."

"오늘도 마지막 타석에 희망을 걸어야 하는 건가."

3타석 3타수 1안타 1삼진.

민우가 조금 전 타석에서 삼진을 당하며 오늘 경기에서 보인 기록이었다.

곧 민우가 더그아웃으로 들어섰지만 선수들은 민우를 힐긋 쳐다보기만 할 뿐, 그 곁으로 다가와 위로를 건네거나 하는 모습을 보이지 않고 있었다.

그들의 시선에는 민우가 세계 유일의 기록에 대한 굉장한 압박감에 시달리는 것으로 보였기에, 어설픈 위로보다는 마음을 정리할 혼자만의 시간이 필요하다고 생각하고 있었다.

띠링!

['초감각' 스킬 사용으로 인한 능력치 하락 효과가 해제됩니다.]

[모든 능력치가 정상으로 복구됐습니다.]

민우는 눈앞에 나타난 알림창과 함께 온몸에 미약하게나마 힘이 돌아오는 느낌이 들자, 가볍게 안도의 한숨을 내쉬었다.

'어제랑 똑같이 마지막 타석에서의 승부인가……. '초감각'을 또 쓸 수 있으면 좋겠지만… 어차피 당장 쓰지도 못하는 것에 미련을 가져 봐야 소용없겠지. 너무 의지해서도 안 되고.'

민우는 어제 수비에서 느꼈던 무기력감에 혹여나 오늘 경기에서도 수비에 지장이 생기지 않을까 걱정했었다.

하지만 경기 전 훈련에 임하면서 타격에 어려움을 겪었을 뿐, 수비에는 전혀 영향이 없는 점을 확인하고는 마음을 놓을 수가 있었다.

'아무래도 체력이 단번에 50이나 깎였던 것이 원인이라고 밖에는 설명할 수가 없겠지. 어쩌면 '초감각' 자체가 능력치를 내 본신의 능력 이상으로 끌어올리는 것이니까. 그 후유증이었을지도 모르고.'

결론은 당장은 함부로 사용할 수 없는, 정말 중요한 경기의 후반에 들어서나 사용할 만한 스킬이라는 점이었다.

'기회가 있을 때마다 훈련을 통해서 내 몸에 적응시키면 어떨지 모르겠지만, 당장은 힘들어.'

민우는 아쉬움이 가득한 시선으로 케인을 바라봤다.

한창 전성기를 구가하고 있는 선수라는 것을 증명하듯, 여전히 부족한 다저스의 타선을 꽁꽁 묶어내고 있었다.

그리고 민우 자신도 능력치 하락의 영향으로 그 공을 때려내는 것에 꽤나 버거움을 느끼고 있었다.

만약 능력치가 며칠에 걸쳐 서서히 하락하는 것이었다면 어떻게 대응해 낼 방법을 찾았을지도 몰랐다.

하지만 30%가 상승한 뒤, 곧장 20%가 하락한 파워와 정확 능력치는 민우가 체감하기에 거의 반절로 떨어진 것이나 마찬가지였다.

배트 스피드, 동체 시력 등이 모두 떨어져 95마일짜리 패스트볼의 체감 구속이 110마일처럼 빠르게 느껴질 정도였다.

슈우욱!

딱!

"아웃!"

"아웃!"

블레이크가 때려낸 타구가 2루수의 정면으로 향했고, 곧장 1루로 공을 뿌리며 다저스의 공격이 다시금 허무하게 끝이 나고 말았다.

3점으로 벌어진 점수 차를 메울 기회는 단 2이닝이 남았다.

그리고 민우가 들어설 기회는 대략 한 번만이 남아 있었다.

'일단은 수비에 집중해서 실점의 빌미를 만들지 말자.'

민우는 빠르게 글러브를 챙겨 들고는 센터필드를 향해 달려갔다.

다저스의 선발인 빌링슬리는 7이닝 3실점으로 퀄리티 스타트를 기록하고 마운드를 내려갔다.

빌링슬리의 뒤를 이어 마운드에 오른 젠슨이 1이닝을 무실점으로 막아내며 자이언츠가 더 이상 달아나지 못하게 묶어냈다.

하지만 불운하게도 타선은 여전히 케인의 호투에 묶여 단 한 점도 내지 못하고 침묵하고 있는 점이 아쉬웠다.

다저스의 팬들은 연승가도를 달리던 다저스의 상승세가 오늘 경기를 기점으로 주춤하는 것이 아닌가 하는 걱정에 사로잡혔다.

그리고 모두가 간절한 마음으로 민우가 10경기 연속 홈런이라는 대기록을 수립하며 팀을 승리로 이끌어주기를 바라고 있었다.

그리고 지금, 그 물꼬가 다시금 트이려고 하고 있었다.

8회 말.

마운드 위에는 다시금 케인이 올라와 다저스의 타선을 상대하고 있었다.

슈우욱!

따악!

선두 타자로 나선 2번 기븐스가 케인의 초구 포심 패스트볼을 가볍게 밀어 치며 7타석 동안 이어진 침묵을 깨뜨리는 깨끗한 안타를 만들어내며 1루 베이스를 밟았다.

그리고 뒤이어 3번 이디어도 두 눈을 매섭게 빛내며 타석에 들어섰다.

슈우욱!

따아악!

기브슨와 마찬가지로 마치 노린 것처럼, 케인의 초구에 이디어의 배트가 날카롭게 돌아갔고, 곧 깨끗한 타격음을 내뱉었다.

빠르게 쏘아진 타구가 내야를 넘어, 좌익수를 크게 넘어간 뒤 기어코 펜스를 넘어가며 투런 홈런이 만들어졌다.

"와아아아!!"

"이디어! 이디어!"

다이아몬드를 도는 이디어를 바라보는 자이언츠의 감독, 코치의 얼굴엔 씁쓸함이 묻어나고 있었다.

'역시 이번 이닝에서 내렸어야 했나.'

자이언츠의 팬들이 보치 감독의 유일한 단점으로 꼽는 점 중 하나가 바로 투수 교체 타이밍을 놓친다는 것이었다.

케인은 한계 투구 수가 120개에 육박하는 투수였고, 구위를 유지하고 있었기에 불펜을 조금 늦게 가동한 것이 화근이 되어버렸다.

보치 감독은 투수 코치에게 불펜에 지시를 내리라는 신호를 보낸 뒤, 곧장 마운드로 향했다.

대기 타석에 들어선 민우는 케인의 뒤를 이어 마운드에 오른 로모의 연습 투구를 바라보고 있었다.

로모는 지난 경기까지 16개의 홀드를 기록하고 있는, 자이언츠의 셋업 맨을 맡고 있는 투수였다.

지난 자이언츠 원정 경기에서 로모를 상대해 보지는 못했지만 다저스 선수들을 깔끔하게 돌려세우는 로모의 구위를 익히 감상한 상태였기에 그에 대한 스카우팅 리포트를 머릿속에서 빠르게 정리하기 시작했다.

'포심 패스트볼의 최고 구속은 91마일. 하지만 주무기는 좌타자의 몸 쪽으로 휘어지는 평균 78마일의 슬라이더. 여기에 정반대로 휘어져 떨어지는 싱커가 있어 좌우를 넘나들며 다양한 로케이션을 보여준다고 했지. 여기에 종종 체인지업을 섞어 던지며 패스트볼의 위력을 높이고.'

로모는 사이드암 투수였기에 특히 좌타자의 몸 쪽으로 휘어지는 슬라이더의 무브먼트가 예술이었지만, 바깥에서 안쪽으로 휘어지는 백 도어 슬라이더도 조심해야 했다.

아주 찰나의 순간에 판단해야 하는 타자의 입장에서 비슷한 궤적을 그리면서도 정반대로 휘어지는 로모의 슬라이더와 싱커는 꽤나 까다로운 구종이었다.

그리고 그 위력은 곧 좌타자인 로니에게도 적용되고 있었다.

바깥쪽과 안쪽을 넘나드는 로모의 투구는 구속은 그리 빠르지 않았지만 타자의 시야에 혼란을 주기에는 충분했다.

슈우욱!

팡!

"스트라이크 아웃!"

로니는 몸 쪽으로 크게 휘어져 떨어지는 슬라이더의 유혹을 이기지 못하고 배트를 내밀고 말았다.

하지만 그 스윙은 공이 아닌 허공을 가르며 순식간에 아웃카운트 하나가 늘어났다.

허무하게 물러나는 로니의 모습에 다저스타디움을 가득 메운 푸른 물결이 잠시 주춤거렸지만, 뒤이어 타석으로 향하는 민우의 모습에 다시금 열광적인 환호를 보내기 시작했다.

"우오오!"

"오늘도 홈런 한 방 날려줘!"

"10경기 연속 홈런 기록 한번 가자!"

“세계 최고가 무엇인지 보여줘!”

“자이언츠에게 굴욕을! 다저스에 영광을!”

“민우! 민우!”

관중들의 흥분된 목소리에 민우도 덩달아 피가 돌며 흥분이 되려 하고 있었다.

그러자 민우는 냉정을 되찾기 위해 걸음을 옮기며 배트를 한 번씩 크게 휘둘렀다.

‘의식하지 말고, 평소처럼 하자.’

곧 타석으로 다가온 민우를 향해 포지가 전날과 같은 미소를 보였다.

“여어. 같은 말 하기는 뭐하지만 최선을 다해봐. 로모는 절대 만만한 투수가 아니니까. 내가 단단히 조언을 해뒀거든. 오늘은 절대로 지지 않을 거야.”

기록의 희생양이 되었음에도 트래시 토크를 남발하거나 흥분시키기 위해 자극을 주는 행동을 하지 않았다.

상대를 존중하고 가볍게 승부욕을 드러내는 포지의 모습은 그가 갖추고 있는 인성을 대변해 주는 듯했다.

그 모습에 민우도 눈을 빛내며 가볍게 웃어 보였다.

“걱정하지 마. 앞선 타석에선 부진했지만 지금은 컨디션 100%로 회복했으니까.”

곧 마주 웃어 보인 두 선수가 각자의 자리에 자리를 잡았다.

'말은 저렇게 하지만 오늘은 배트 스피드도 그렇고 볼에 대한 반응 속도가 그리 좋은 편이 아니었어. 과감하게 몸 쪽 승부 뒤에 바깥쪽으로 흘러나가는 공으로 배트를 유도해 보자.'

머릿속을 정리한 포지가 다리 사이로 손을 넣은 채 빠르게 움직이기 시작했다.

공을 쥔 손을 뒤로 한 채 만지작거리던 로모는 곧 고개를 끄덕이고는 와인드업 자세를 취했다.

곧 로모의 손이 옆으로 돌아 나오며 공을 강하게 챘다.

슈우욱!

스트라이크존의 한 가운데로 쏘아져 날아가는 듯 보이던 공은 잠시 뒤 급격히 방향을 꺾어 민우의 몸 쪽으로 휘어지기 시작했다.

동시에 민우가 스트라이드를 강하게 내디디며 허리에 회전을 걸었다.

뒤이어 매섭게 돌아가는 허리를 따라 민우의 배트가 쏜살같이 돌아 나왔다.

찰나의 순간, 스트라이크존의 구석을 찌를 듯 휘어지던 공과 배트가 홈 플레이트 앞에서 맞닿았다.

따악!

그라운드를 타고 깔끔한 타격음이 울려 퍼지자 다저스타디움의 모든 이가 동시에 자리에서 일어나 타구를 바라봤다.

"와아아… 아아!!"

“우… 아…….”

하지만 그 각도가 너무 좋지 않았다.

아주 낮은 라인드라이브의 궤적을 그리며 쏘아진 타구는 중견수와 우익수 사이에서 바운드 된 뒤, 빠르게 펜스를 향해 굴러가기 시작했다.

다저스타디움을 가득 메우고 있던 많은 이의 얼굴이 흥분했던 표정에서 아쉬움이 가득한 표정으로 바뀌어갔다.

그들의 눈에는 민우가 아무리 빨리 달린다고 해도 3루타가 최대일 법한 타구였다.

하지만 민우는 배트를 내던진 채 곧장 1루 베이스를 향해 전력으로 스퍼트를 끊으며 하나의 스킬을 사용했다.

‘대도!’

지이잉!

—초구! 쳤습니다! 낮게 쏘아지는 라인드라이브 타구는 2루수의 키를 넘어 외야로 빠져나갑니다! 중견수와 우익수 사이의 빈 공간으로 굴러갑니다! 3루타 코스!

—아아! 뜁니다! 강민우 선수가 타격과 동시에 배트를 놓고 굉장한 속도로 스퍼트를 끊습니다!

타다다닷!

스킬을 사용하자 스퍼트 이후 더 이상 속도를 붙일 수 없을 것만 같던 민우의 움직임이 더욱 매서워졌다.

쌔에에엑!

민우는 귓가를 베어버릴 듯 날카롭게 스쳐 지나가는 바람을 느끼며 다리 근육을 더욱 조였다.

1루를 향해 달리며 크게 우측으로 빠졌던 민우가 날렵한 몸놀림으로 반원을 그리며 순식간에 1루를 지나쳐 2루로 향했다.

아쉬움을 표하던 관중들은 민우의 엄청난 스피드에 머리를 붙잡은 모습 그대로 눈만 동그랗게 뜨고는 그 움직임을 쫓기 시작했다.

그리고 순식간에 2루 베이스를 밟으며 외야를 힐긋 바라본 민우는 곧 의지를 담은 표정으로 더욱 빠르게 발을 놀려 3루를 향해 달려갔다.

—2루 찍고 3루로 방향을 잡은 강민우! 동시에 이제야 중견수가 공을 주워 곧장 내야를 향해! 그리고 타자 주자는 다시 3루까지! 3루까지~ 들어… 어어!! 강민우가 3루에서 멈추지 않고 곧장 홈을 노립니다!!

민우가 3루 베이스를 밟을 때, 공은 중계 플레이를 위해 중견수 위치까지 올라온 유격수 유리베의 글러브에 빨려 들어간 상태였다.

3루 코치는 이미 민우가 3루 베이스를 밟기 전부터 민우의 발을 믿는다는 듯, 역동적으로 팔을 돌리며 민우에게 시그널을 보내고 있었다.

그리고 민우 역시 2루를 돌며 홈으로 달릴 수 있다는 확신을 가지고 있는 상태였기에 그 시그널에 더욱 거침없이 3루를 돌아 홈으로 내달렸다.

타다다닷!

민우가 홈으로 방향을 틀어 내달리는 것과 동시에 유리베의 손에서 홈을 향한 송구가 쏜살같이 쏘아졌다.

쌔에엑!

마치 귓가가 찢어질 듯한 소리가 민우가 얼마나 빠르게 달리고 있는지를 말해주고 있었다.

곧 홈 플레이트를 네다섯 걸음을 앞에 둔 민우가 포수가 커버하고 있는 부분을 피해 옆으로 살짝 방향을 틀고는 곧장 몸을 날렸다.

촤아아악!

그리고 그 순간.

팡!

포수 미트에서 가죽이 울리는 소리가 들려옴과 동시에 포지가 곧장 몸을 틀며 민우를 향해 미트를 뻗었다.

—자! 홈에서!! 홈에서 승부!! 홈에서!!

서로 다른 방향에서 같은 곳을 향해 쏘아진 민우의 몸과 포지의 미트가 서로 뒤엉키며 흙먼지를 휘날렸다.

모두의 시선이 집중된 순간.

바람이 불며 약하게 일어났던 흙먼지가 빠르게 흩어지며 모두의 시야가 뚜렷해졌다.

홈 플레이트 위에 무릎을 꿇은 채 미트를 뻗었던 포지의 표정이 보기 좋게 일그러져 있었고, 반대로 홈 플레이트 바로 옆에 누워 대자로 뻗어 있던 민우는 거친 숨을 몰아쉬고 있었지만 그 입가엔 미미한 미소가 번지고 있었다.

그리고 민우의 바로 옆에는 새하얀 야구공이 홀로 떨어진 채, 주심의 눈길을 잡아끌고 있었다.

"세이프!"

주심은 곧장 양팔을 크게 벌리며 다저스에게는 기적을, 자이언츠에게는 절망을 선사했다.

동시에 다저스타디움을 가득 메운 푸른 물결이 모두 자리에서 일어나 만세를 하며 격하게 자리에서 뛰어오르고 주변 사람들과 얼싸안으며 눈물을 흘리는 등 각자의 방법으로 기쁨을 표했다.

"우와아아아!!"

"해냈어!! 해냈다고!!"

"10경기 연속 홈런이야!!"

"세계 유일의 기록이 우리 다저스에서 만들어졌어!"

"강은 우리 팀의 보물이다!!"

"코리안 몬스터! 넌 정말 최고야!"

"이젠 정말 끝인 줄 알았는데, 기어코 홈런을 만들어냈잖아! 와하핫!"

"크하핫! 이정도면 자이언츠 녀석들이 불쌍해지려고까지 하는데?"

—세이프!! 세이프예요!! 결정적인 상황에서 포지 선수가 송구를 제대로 포구하지 못하면서 완벽한 세이프가 선언됩니다! 믿을 수가 없습니다! 강민우 선수가 펜스를 넘기지 못하자 발로서 인사이드 더 파크 홈런을 만들어냈습니다! 로모의 초구를 통타해 만들어낸 홈런이자 또 하나의 대기록이 세워집니다!

—이야!! 정말 믿을 수 없는 결과가 만들어졌습니다! 사실, 3루를 돌았을 때도 놀랐지만 홈에서의 타이밍은 정말 아슬아슬했습니다. 강민우 선수의 발도 엄청났지만 그만큼 유리베 선수의 송구가 매서웠고, 또 정확했거든요. 하지만 포지 선수가 완벽하게 포구하지 못한 상태에서 태그를 시도했고, 강민우 선수와의 충돌로 결국 공이 미트에서 흐르고 말았습니다. 자이언츠에게는 뼈아픈 결과로 남게 되겠네요.

—예! 맞습니다! 뒤지고 있던 상황에서 동점 적시타이자, 정

말 보기 드문 인사이드 더 파크 홈런인 데다가 메이저리그 기록이자 세계 프로야구 신기록인 10경기 연속 홈런이라는 유일무이의 기록까지! 이야… 제 눈으로 보고 있었는데도 정말 믿어지지가 않습니다. 다저스타디움은 열광의 도가니에 빠져듭니다! 마치 자신을 선택한 다저스의 모든 이들에게 그 선택이 옳았다는 것을 지금의 이 인사이드 더 파크 홈런 하나로 증명하는 것 같습니다. 단 한 번의 스윙으로 한 점을 가져가며 균형을 맞추는 다저스! 점수는 3 대 3!

펑! 퍼펑!

다저스타디움의 외야에서는 민우의 대기록 달성을 축하하는 수많은 폭죽이 쏘아지며 하늘을 아름답게 수놓고 있었다.

그리고 두 개의 전광판에는 민우의 10경기 연속 홈런 달성을 축하하는 글귀와 거친 숨을 몰아쉬며 천천히 몸을 일으켜 세우는 민우의 모습이 흘러나오고 있었다.

"하아. 하아."

단 한 순간도 쉬지 않고 전력으로 달렸기 때문일까.

심장이 빠르게 요동치고 있었고, 극한으로 몰아세운 근육은 가볍게 떨리고 있었다.

숨을 고른 뒤에야 눈을 뜨고 바라본 다저스타디움의 하늘을 수놓는 폭죽들이 보였다.

'평생 한 번도 못 가본 불꽃놀이인데. 어제에 이어서 오늘도 보게 될 줄은 몰랐네. 후후, 이러나저러나 홈이 최고구나!'

이틀 연속으로 자신의 기록을 축하하는 폭죽쇼가 벌어지고 있었다.

세계 유일의 대기록을 세웠고, 수만 명이 넘는 이가 자신을 향해 환호성을 보내고 있었다.

그리고 민우를 더욱 미소 짓게 만드는 하나의 알림창이 떠올랐다.

[히든 퀘스트—끝날 때 까지 끝난 게 아니야 결과.]

—아무도 예상하지 못한 인사이드 더 파크 홈런으로 메이저리그 최초의 기록이자 세계 프로야구 최초의 기록인 10경기 연속 홈런 기록을 달성했습니다.

—세계 야구의 유구한 역사에서 그 누구도 달성하지 못한 유일무이한 기록을 남겼습니다.

—퀘스트 성공 보상으로 영구적으로 정확 +3, 주력 +30이 상승합니다. 10,000포인트가 지급됩니다.

'하하… 발로 만들어서 파워 대신 주력인가… 거기다가 10,000포인트라니…….'

모든 상황이 민우의 입가에 미소를 짓게 만들고 있었고, 그 기분을 계속 만끽하고 싶었다.

하지만 언제까지 누워 있을 수는 없었다.

아직 경기는 진행 중이었다.

민우는 곧 자리를 털고 일어나 주먹을 쥔 손을 높이 들어 올려 자신을 향해 환호를 보내는 팬들에게 화답했다.

그리고 그 모습에 팬들은 다시 한 번 열광적인 환호성을 내질렀다.

천천히 발을 떼 더그아웃으로 몸을 돌리자 더그아웃 난간에 매달린 선수들이 제자리에서 방방거리며 민우를 기다리고 있었다.

더그아웃의 입구에선 토리 감독이 환하게 웃어 보이며 민우에게 손을 내밀었다.

"또 하나의 기록을 만들었구나. 정말 축하한다."

"감사합니다."

토리 감독은 잠시 선수들의 격한 환대를 받으며 기쁨의 비명을 지르는 민우를 바라봤다.

그 얼굴은 마치 보물이라도 발견한 사람처럼 뿌듯한 표정을 짓고 있었다.

'처음엔 큰 기대를 걸지 않았는데, 단 한 번도 나를 실망시키지 않고 있어. 아니, 실망이라는 말을 꺼낸다는 것이 미안할 정도로 엄청난 모습을 보이고 있지. 도대체 앞으로 얼마나 더

나를 놀라게 할 셈인지… 정말 기대가 되는구나.'

8월까지만 하더라도 내셔널리그 서부 지구 4위에서 발버둥 치고 있던 다저스였다.

20승 가까운 승차를 보이며 밑바닥을 덥혀주고 있는 애리조나 다이아몬드백스가 없었다면 내셔널리그 꼴찌는 다저스가 되었을지도 모를 정도였다.

타선의 부상과 부진으로 인한 추락은 끝이 없을 줄 알았다.

그런데 시즌 중 갑작스레 마이너리그에 합류한 뒤, 엄청난 성적을 보이며 하이 싱글A를 정복하고 더블A까지 완벽히 지배하는 선수가 나타난 것은 거의 기적과도 같았다.

그리고 바로 그 선수가 9월 로스터 확장과 함께 빅 리그 승격을 이루더니 메이저리그까지 갈아 마시려 하고 있었다.

'허허. 올 시즌이 나의 마지막 커리어라는 것이 아쉽게 느껴지게 만들다니.'

토리 감독은 곧 자신의 옆에서 역시 뿌듯한 표정으로 민우를 바라보고 있던 타격 코치, 매팅리를 바라봤다.

그리고 그 시선을 느낀 매팅리가 시선을 돌리고는 물음을 건넸다.

"하실 말씀이 있으십니까?"

그 물음에 고개를 저은 토리 감독은 매팅리의 어깨를 가볍게 두드려 주었다.

"자네는 든든하겠어."

짧은 한마디였지만 그 의미를 바로 깨달은 매팅리가 어색하게 웃어 보였다.

"감독님, 아직 시즌은 끝나지 않았습니다. 지금 다저스의 감독은 토리 감독님이지요."

"그래. 그 말도 맞네. 아직 끝나지 않았지."

"예. 끝날 때까지 끝난 게 아니라는 말을 저 녀석이 몸소 보여주고 있고 말입니다. 조금만 더 힘을 내면 포스트시즌에 나갈 수 있을지도 모릅니다."

"그렇게만 된다면 더할 나위 없이 좋겠군."

"그렇게 되게 만들어야지요."

"그래, 그래야지."

매팅리의 이야기에 토리가 가볍게 웃으며 고개를 끄덕이고는, 곧 그라운드로 시선을 돌렸다.

민우의 인사이드 더 파크 홈런으로 경기는 3 대 3으로 동점이 된 상황이었다.

아직 경기가 끝난 것은 아니었기에 선수들도 빠르게 흥분을 가라 앉혔다.

"자자. 축하 파티는 나중에 마저 하고, 지금은 경기에 집중하자고."

타석에 나가 있는 최고참 블레이크를 대신해 기븐스가 선

창하자 선수들이 미소를 지은 채 화답했다.

"오우!"

"민우가 만들어줬으니, 마무리는 우리가 지어야지!"

혹여나 실패할까 걱정했던 대기록이 달성돼서인지 선수들의 분위기도 이전과는 달리 몹시 활발해져 있었다.

따아악!

그리고 그런 그들의 기운을 받은 듯, 블레이크가 아직 마음을 다잡지 못한 로모의 공을 통타해 우측 펜스를 넘기는 역전 솔로 홈런을 만들어냈다.

"나이스 블레이크!"

"역시 노익장은 무시할 수가 없구나!"

민우의 인사이드 더 파크 홈런에 이은 블레이크의 솔로 홈런에 역전을 허용하는 모습에 보치 감독이 고개를 푹 숙이는 모습이 카메라에 잡혔다.

추가 실점을 허용한 자이언츠는 곧장 로모를 강판시키고 좌완 사이드암 투수인 로페즈를 등판시켰다.

로페즈는 등판하자마자 삼진과 중견수 플라이로 7번 테리엇과 8번 바라하스를 돌려세우며 보치의 기대에 부응했고, 추가 실점 없이 이닝을 매조지었다.

하지만 이미 승기는 다저스에게로 기울어진 상태였다.

9회 초, 경기의 마무리를 위해 등판한 궈홍치가 삼진 3개를 솎아내는 위력투로 자이언츠의 4, 5, 6번 타자를 무기력하게 만들며 승리를 지켜냈고 마지막 공과 함께 다저스타디움에 다시 한 번 기쁨의 환호성이 울려 퍼졌다.

민우의 성적은 최종 4타석 4타수 2안타(1홈런) 1타점 1득점을 기록했다.

이틀 연속 메이저리그 연속 경기 홈런 신기록과 세계 연속 경기 홈런 신기록을 세운 민우는 전날보다 더 많아진 세계 각국 기자들의 인파 속에서 또 한 번의 기자회견을 통해 세계기록 달성에 대한 소감과 앞으로의 포부 등을 밝혔다.

그리고 마지막 순서로 다저스 구단에서 특별 제작한 상패를 수여받는 모습을 끝으로 인터뷰를 마무리 지었다.

이 장면은 곧 전 세계로 송출되어 야구에 관심이 있는 모든 나라에서 최고의 이슈거리가 되고 있었다.

그리고 한국의 메이저리그 독점 중계 방송사인 OBC에서도 그 장면이 고스란히 흘러나오며 메이저리그 팬들에게 큰 기쁨을 안겨주고 있었다.

* * *

웬만한 집보다 더 커 보이는 큼지막한 사무실.

한 가운데 놓인 긴 탁자를 사이에 두고 소파들이 양쪽으로 늘어져 있었다.

그리고 탁자의 끝부분에 놓인 고급스러운 소파에 한 노인이 앉아 프로젝터가 쏘아지고 있는 방향을 주시하고 있었다.

프로젝터가 출력하고 있는 큼지막한 화면에는 민우가 상패를 들고 환하게 웃는 모습을 잡고 있는 중계방송이 흘러나오고 있었다.

주름이 자글자글한 손가락이 규칙적으로 움직이며 팔걸이를 두드리고 있던 노인이 손짓하자 뒤쪽에서 말끔하게 정장을 차려 입은 날카로운 인상의 남성이 빠르게 다가와 가볍게 허리를 숙였다.

"예, 회장님."

"김 실장. 에이전트와의 협상은 아직 진행 중인가?"

회장이라고 불린 노인의 나지막한 물음에 김 실장이 송구스럽다는 듯 더욱 허리를 숙여 보였다.

"예. 금액에 이견이 많아서 아직까지 진전을 보이지 못하고 있습니다."

"흐음……."

노인은 무언가 생각에 잠긴 듯 잠시 아무런 말이 없었고 김 실장은 조용히 노인의 입이 열리기를 기다리고 있었다.

"적정선이라면 원하는 대로 해주게. 저 친구도 이제는 세계 1위 아닌가. 우리 삼정이 세계 1위를 자부하는데 이런 일로 잡음이 생겨서는 이미지에도 좋지 않으니 말일세."

노인의 이야기에 살짝 놀란 표정을 짓던 김 실장이 곧 다시금 허리를 가볍게 숙이며 조심스레 말끝을 흐렸다.

"적정선이라면……."

"연간 최대 10억 원 선으로. 세부 사항은 김 실장이 이전처럼 잘 하리라 믿네."

10억이라는 거액에 김 실장의 눈이 가볍게 커졌지만, 이내 알겠다는 듯 가볍게 고개를 숙여 보였다.

"알겠습니다. 말씀대로 진행하도록 하겠습니다."

노인은 대답 없이 가볍게 손을 저었고, 김 실장은 곧 사무실을 빠르게 빠져나갔다.

잠시 그 자리에 앉아 있던 노인의 곁으로 다른 인물이 다가와 무어라 이야기를 건넸고, 곧 노인이 자리에서 일어나 천천히 사무실을 빠져나갔다.

민우의 활약상에 따라 그 인기는 급격히 상승하고 있었다.

특히 메이저리그 기록에 이어 세계 유일무이의 기록을 세우는 순간, 그 인기와 인지도는 더욱 가파르게 상승하기 시작했다.

9월이 아직 반도 지나지 않았지만, 스포츠계에서 9월 한 달 동안 가장 핫한 아이콘으로 벌써부터 민우를 꼽는 언론사도 있었다.

미국에선 운동선수라면 우락부락한 몸에 거친 행동과 패기 넘치는 모습이야말로 진정한 남자라고 생각하는 팬들이 꽤나 많이 존재하고 있었다.

하지만 그들이 생각하는 이미지와는 전혀 다른 선수가 하늘에서 뚝 떨어져 메이저리그에 나타났다.

그것도 뛰어난 실력과 외모를 가졌음에도 자신을 뽐내며 건방진 행동을 일체 하지 않았다.

인터뷰에서도 건방지기보다는 겸손을, 개인보다는 팀의 선전을 먼저 생각하는 등의 모습을 보이면서도 나지막이 자신의 목표를 피력했다.

패기 넘치는 모습은 아니었지만 의지가 엿보이는 모습이었기에 팬들은 다시 한 번 기대를 보였다.

그리고 인터뷰 다음 날, 자신의 말을 극적인 장면으로 실현시킨 그 모습에 팬들은 열광했다.

잘생긴 사람은 똥도 안 싼다는 우스갯소리같이 미운 짓은 커녕 긍정적인 이미지로 자신만의 커리어를 쌓아가는 민우의 모습은 메이저리그 팬들의 마음을 완전히 빼앗고 있었다.

그리고 그런 인기는 단순히 개인에 국한되지 않았다.

현재의 성적에 비하면 상대적으로 저렴한 가격에 후원 계약을 맺었던 나케는 광대가 하늘을 뚫을 듯 승천한 상태였다.

벌써부터 매출 곡선이 급격히 상승세를 타고 있었기 때문이다.

민우의 신기록 행진에 뒤늦게 민우의 에이전트인 퍼거슨에게 접촉을 시도하는 여러 기업이 존재했지만, 이미 민우의 몸값은 기하급수적으로 상승하고 있었다.

과거 갓 마이너리그에 합류했을 때의 민우였다면 웬만한 계약이라면 흔쾌히 받아들였을 것이다.

하지만 지금의 민우는 과거의 가난하고 인지도가 낮던 마이너리거 시절의 민우가 아니었다.

메이저리그 계약금과 니케의 후원 계약만으로도 먹고 살 걱정은 하지 않아도 되었다. 꾸준히 들어올 연봉도 존재했고, 다음 시즌의 활약에 따른 인센티브도 존재했다.

민우는 한 명이었고, 후원 계약을 원하는 기업은 수도 없이 많았다.

수요와 공급의 법칙.

민우의 후원 계약을 원하는 기업들 중, 여러 가지 조건을 따져가며 가장 적절한 기업을 선택하면 그만이었다.

도태된 기업은 아쉬움을 뒤로하며 다른 후원자를 찾아가야 하는 것이다.

이제는 갑과 을이 완전히 뒤바뀐 상태가 되어 있었다.

그리고 민우의 에이전트인 퍼거슨은 이미 들어와 있던 기업들의 제안을 분류하며 하나하나 약속을 잡고 있는 상태였다.

그리고 민우의 경기가 끝나자마자 빠르게 접촉해 온 한 기업의 제안에 미소를 짓고 있었다.

'굳이 강민우 선수의 요구가 아니어도 이쪽에서 알아서 움

직여 주니 크게 고생할 일은 없겠어.'

그동안 정해놓은 선을 넘지 않으며 자신의 제안에 미온적인 태도를 보이던 삼정이었다.

그런데 민우의 신기록 수립 이후 한 시간이 채 지나지 않아 갑작스레 태도를 바꾸고는 서로의 제안을 다시 검토해 보자며 만남을 청했다.

하지도 않을 기업과의 후원 계약을 이용해 어렵게 협상을 만들어갈 필요가 없어졌다는 점만으로도 퍼거슨의 기분을 좋게 만들고 있었다.

'급한 건 이쪽이 아니니까… 여유를 좀 가져볼까.'

바쁘게 움직이던 퍼거슨은 잠시 서류 뭉치를 내려놓고는 커피가 담긴 잔을 들어 살짝 들이켰다.

씁쓸함의 끝에서 진한 풍미가 우러나왔다.

맛을 음미하는 듯, 잠시 눈을 감고 있던 퍼거슨의 입가에 돌연 연한 미소가 피어올랐다.

'메이저리그 승격 후 겨우 한 달, 아니지. 한 달도 채 되지 않는 짧은 시간에 이만큼이나 인지도를 높였던 선수가 있었나?'

올 시즌에도 존재하긴 했었다.

엘리트 코스를 밟으며 마이너리그를 정복하고 메이저리그에 데뷔하며 한동안 이슈를 일으켰던 투수, 바로 스트라스버그였다.

데뷔 이전부터, 센세이션을 일으키며 2008, 2009시즌 두 시즌 연속 사이 영 상(Cy Young Award) 수상자인 린스컴에 비교가 되기도 했다.

데뷔전에서 7이닝 14삼진을 뽑아내며 깜짝 위력투를 보인 이후, 매 경기마다 구름 관중을 몰고 다니며 그 인기를 증명하고 있었다. 아니, 그랬었다.

'토미 존 서저리를 받아야 된다는 소식이 알려지기 전까지이지만……'

화려한 데뷔 이후 강렬한 인상을 남기는 것까지는 좋았다.

하지만, 8월 말, 토미 존 서저리를 받아야 된다는 청천벽력 같은 소식이 전해졌다.

이번 시즌뿐 아니라 다음 시즌까지 통째로 날려야 한다는 의미였기에 메이저리그 팬들, 특히 워싱턴 내셔널스 팬들에겐 상당한 충격을 주었다.

그리고 그 소식이 들려온 지 며칠 뒤, 마치 스트라스버그의 빈자리를 채워주듯 화려한 데뷔 홈런으로 메이저리그에 입성한 민우에게 스타를 찾던 모든 이들의 스포트라이트가 쏟아지기 시작했다.

그리고 한 경기, 한 경기 홈런이 터져 나올 때마다 모든 이가 환호했고, 어느덧 10경기 연속 홈런이 넘어가고 있었다.

욕심일지도 모르지만, 퍼거슨은 이 기록이 시즌이 끝날 때까지 이어지길 바랐다.

기록이 이어지는 것은 곧, 민우의 몸값도 상승한다는 의미였다.

그리고 민우의 인지도가 올라갈수록 퍼거슨의 에이전트로서의 인지도도 올라가고 덤으로 그 주머니도 두둑해질 것이다.

하지만 그런 생각도 잠시, 퍼거슨의 얼굴이 이내 살짝 어두워졌다.

'그리고 자이언츠와의 3차전 선발투수가 린스컴이지.'

스트라스버그 이전에 린스컴이 있었다.

올 시즌, 다저스와 자이언츠와의 마지막 경기였기에 혹시나 했지만 선발 로테이션에 크게 변동이 있지 않는 이상 린스컴이 선발로 나오는 것엔 변함이 없을 것이다.

메이저리그에서 투수들이 받을 수 있는 상중에 가장 가치가 있고, 권위가 있고, 존경을 받는 상이 바로 사이 영 상이었다.

양대리그에서 각각 단 한 명의 투수만이 받을 수 있는 상이었기에 2년 연속 사이 영 상을 수상했다는 것은 그만큼 그 실력을 뒷받침해 준다는 것이기도 했다.

매 경기 선수에게 도움이 될 만한 정보를 모아 보내주고 있기는 했지만, 결국 투수를 상대해야 하는 것은 에이전트가 아니라 선수 자신이었다.

'아무리 많은 정보를 줘도 쉽게 상대할 수 있는 투수가 아

니야. 하지만… 강민우 선수라면 이번에도 홈런을 때려주지 않을까?'

잠시 그런 생각에 잠겨 있던 퍼거슨은 시계를 확인하고는 조용히 TV를 틀었다.

제3장

나를 넘어 그 너머로 가는 길

따아악!

경기장을 타고 울려 퍼지는 깨끗한 타격음에 다저스타디움의 푸른 물결이 얼이 빠진 표정으로 하늘을 바라보고 있었다.

텅!

곧, 체공을 계속하던 타구가 가볍게 펜스를 넘어가며 관중들 사이의 빈 공간에 부딪히는 소리가 들려왔다.

마운드 위에 서서 그 모습을 바라보던 릴리는 말없이 애꿎은 마운드의 흙을 발로 다지고 있었다.

—아~ 이게 무슨 일인가요? 다저스의 선발투수인 릴리가

선두 타자인 렌테리아에게 초구 홈런을 허용하며 한 점을 먼저 내줍니다.

—렌테리아는 올 시즌 홈런이 3개에 불과한 타자인데요. 방심하고 있었던 것인지, 불의의 일격을 허용하는 릴리입니다. 스코어 0 대 1.

다저스의 팬들은 어느새 다이아몬드를 돌고 더그아웃에서 기쁨을 나누는 자이언츠 선수들의 모습을 잠시 바라봤다.

"렌테리아 녀석이 컨디션이 좋은 건가?"

"릴리가 방심을 해서 그런 걸 거야."

"뭐, 가끔 이런 날도 있는 거지."

다저스의 연승과 민우의 기록에 취해서인지, 팬들은 어느새 홈런 하나쯤이야 하는 듯한 표정으로 돌아와 다음 타자를 상대하는 릴리를 바라봤다.

하지만 그런 그들의 표정은 조금씩 당혹스러움으로 물들어가기 시작했다.

따아악!

따아악!

시간 차를 두고 두 번의 타격음이 다저스타디움에 울려 퍼졌고, 전광판의 스코어는 0 대 1에서 0 대 2로, 다시 0 대 3으로 바뀌어갔다.

아웃 카운트를 하나도 잡지 못한 채 세 타자 연속 피홈런을 맞은 릴리의 얼굴에도 약간의 당혹스러움이 묻어나고 있었다.

그리고 좌우로 나눠져 날아가는 타구에 차마 손을 쓸 수 없었던 민우도 아쉽기는 마찬가지였다.

'릴리의 구위는 지난번과 별 차이가 없어. 이건 타자들이 잘 노려 친 거야. 문제는 릴리가 연속 홈런에 흔들리지 않아야 한다는 건데. 여기서 더 실점하면 위험할 수도 있어.'

투수는 자신의 공이 완벽하다고 생각했음에도 타자에게 먹혀들지 않는다면 심리적으로 위축을 받게 된다.

그리고 지금처럼 보기 드문 세 타자 연속 홈런이 나오게 된다면 그런 위축은 더욱 심해지게 마련이다.

예민한 투수들의 경우에는 정신을 차리지 못하고 제구가 흔들려 더 두들겨 맞은 뒤 강판되는 경우가 많았다.

하지만 릴리는 데뷔한 지 10년이 넘은 베테랑 투수였고, 포수인 바라하스 역시 36살의 노장이었다.

바라하스는 곧장 타임을 요청하며 자이언츠 타선의 빠르게 돌아가는 흐름을 끊음과 동시에, 자신보다 한 살이 어린 릴리를 다독였다.

곧 바라하스가 마운드를 내려온 뒤, 릴리는 여전한 구위를 보이며 4번 타자인 포지에게 공을 뿌리기 시작했다.

그리고 흐름을 끊은 것이 효과를 본 듯, 포지를 시작으로 5번 버렐, 6번 유리베까지 세 타자를 모두 땅볼로 돌려세우며 추가 실점 없이 이닝을 마무리 지을 수 있었다.

하지만 3실점이라는 수치에 다저스타디움을 가득 메운 팬들의 얼굴에 약간의 걱정이 묻어나기 시작했다.

슈우욱!

부웅!

팡!

"스트라이크 아웃!"

"어후."

1회 말, 다저스의 선두 타자인 캐롤은 자이언츠의 렌테리아에게 지지 않겠다는 듯 풀카운트까지 가는 승부 끝에 호쾌한 스윙을 보였다.

하지만 린스컴은 2년 연속 사이 영 상 수상에 뒤이어 여전히 전성기를 누리고 있는 투수였다.

캐롤은 린스컴의 손에서 뿌려진 벌컨 체인지업에 완전히 속고 말았고, 그 결과는 심판의 삼진 선언이었다.

캐롤의 삼진에 더그아웃에 아쉬움 가득한 탄식이 가볍게 흘렀다.

"다 죽어간다더니, 헛소문이었나 보다."

오늘 경기에서도 교체 멤버로 대기를 하게 된 존슨의 목소리에 단짝이나 마찬가지인 포세드닉이 가볍게 고개를 저었다.

"죽어가긴 했지. 8월 한 달 동안에 한정이지만."

"왜 하필 우리랑 경기하기 전에 부활을 하냐고, 부활을. 가

만히 관 뚜껑 덮고 누워 있지."

존슨의 한탄 섞인 농담에 주변에서 키득거리는 웃음소리가 들려왔다.

민우도 그 이야기에 잠시 피식거리고는 마운드로 시선을 돌렸다.

'5연 패 뒤 3연승이었지. 21.2이닝 5실점. 피홈런은 단 한 개. 무너져 가던 밸런스를 다시 다잡았다고 했지.'

린스컴의 투구 폼은 잘못하다 부러지지는 않을까 싶을 정도로 꽤나 역동적이었다.

한때 최고 구속 99마일까지 던지던 패스트볼 구속이 지금은 96마일까지 내려온 상태였지만, 패스트볼의 위력을 배가시켜주는 변화구를 여럿 가지고 있었다.

스플리터성 궤적을 보이며 타자 앞에서 뚝 떨어지는 벌컨 체인지업뿐 아니라 커브, 투심, 슬라이더에 그동안 던지지 않았던 커터까지 장착한 상태였다.

린스컴의 강점은 바로 다양한 변화구를 모두 평균 이상으로 던질 수 있다는 것이었다.

이 모든 공을 모두 평균 이상으로 제어할 수 있다는 것도 위협적이었지만 더 큰 위협은 바로 변함없는 투구 폼이었다.

'패스트볼을 던질 때나, 변화구를 던질 때나 같은 투구 폼에서 쏘아진다는 것만큼 타자에게 힘든 게 없지. 조금 전도 마찬가지이고.'

조금 전 캐롤에게 허무하게 헛스윙을 하게 만들었던 벌컨체인지업은 린스컴을 대표하는 구종으로, 패스트볼의 궤적으로 날아오다 타자가 배트를 돌리기 시작할 즈음 급격히 떨어지는 구종이었다.

그 공은 다른 변화구들에 비해 패스트볼과 아주 완벽히 같은 투구 폼에서 쏘아지는 공이었기에 가장 치기 어려운 공이기도 했다.

'피안타율 0.190. 저 공으로 9이닝 평균 9개의 삼진을 뽑아낸다고 했지.'

민우는 주변의 시시콜콜한 대화를 완전히 차단한 채, 린스컴의 투구에 더욱 집중했다.

린스컴은 뒤이어 2번 기븐스에게 낮게 휘어지는 슬라이더로 유격수 땅볼을, 3번 이디어에게는 뚝 떨어지는 커브로 삼진을 뽑아내며 깔끔하게 이닝을 마무리 지었다.

허무하게 물러서는 다저스 타자들의 모습에 다저스타디움에도 가벼운 정적이 흘렀다.

'어차피 다음 이닝이면 상대하게 될 테니, 수비에 집중하자. 이번 이닝에도 실점을 하게 되면 오늘 경기는 힘들지도 몰라.'

민우는 수비를 위해 천천히 글러브를 챙겨 수비 위치로 달려 나갔다.

1회 초의 자이언츠의 세 타자 연속 홈런으로 인해 다저스의 선발, 릴리는 이미 자이언츠의 6번 타자까지 상대를 한 뒤였다.

자연스레 2회 초 공격은 7번 타자부터 시작이 되고 있었다.

릴리로서는 자신의 구위를 확인하며 마음을 다잡기에는 하위 타선을 상대하는 것만큼 적절한 상황은 없었다.

하지만 오늘 경기에서 자이언츠의 하위 타선에는 보치 감독이 심어놓은 복병이 한 명 숨어 있었다.

검은 피부를 가진, 근육질이라기보다는 탄탄하다는 표현이 적절해 보이는, 전성기를 지나 황혼기에 접어든 중장거리형 타자 기엔이었다.

기엔은 평소에도 타순을 이리저리 옮겨 다니고, 대타로도 종종 출전하며 타선의 감초 역할을 톡톡히 하는 타자였다.

'트레이드되기 전까지 캔자스시티 로열스에서 16홈런… 자이언츠 이적 이후에는 단 2홈런에 불과하다고는 하지만… 언제든지 한 방을 보여줄 수 있는 타자지. 하위 타선치곤 확실히 위협적이야.'

웬만한 젊은 타자들도 쉬이 넘보기 힘든 것이 20홈런 고지였다.

그럼에도 다른 선수들이 은퇴를 고민하는 35살이라는 나이가 무색하게 시즌 20홈런까지 단 2개만을 남겨두고 있는 타자가 바로 기엔이었다.

아무리 하락세에 접어들었다고 해도 쉬이 방심할 순 없었다.

그나마 다행인 점은 최근 5경기에서 13타수 1안타에 불과할 정도로 부진하고 있다는 것이었다.

부진의 여파로 이번 다저스와의 3연전에서도 1차전에서 대타로 단 한 타석에 들어선 것이 전부였고, 2차전에서는 아예 결장을 한 상태였다.

하지만 오늘 경기에서는 체력이 충분히 회복되었다고 판단한 듯, 보치 감독은 과감히 7번 타순에 기엔을 배치했다.

'아무래도 나이가 있으니 체력이 문제가 됐겠지… 거의 이틀을 쉬었으니 웬만큼 체력 보전을 했을 테니까 더욱 조심해야 할 거야.'

앞선 이닝에서 3타자 연속 홈런 이후 중심 타선을 깔끔하게 돌려세운 릴리였지만, 여기서 다시 홈런을 맞거나 장타를 허용한다면 한 이닝 만에 타순이 돌게 되는 것이었다.

그렇게 돌아온 타순에게 다시금 출루를 허용한다면 베테랑인 릴리라도 휘청거릴 가능성이 있었다.

그런 생각이 들자, 민우의 어깨가 더욱 무거워졌다.

'다른 곳은 어쩔 수 없지만 센터필드에 타구가 닿는 것은 절대로 허용하지 않는다.'

야구에서 수비 범위가 가장 광활한 포지션이 바로 중견수였다.

그리고 다저스타디움은 메이저리그 구장에서도 넓기로 소문이 난 구장이었다.

그만큼 그 넓은 범위를 커버하기 위해서는 빠른 타구 판단과 빠른 반응, 누구보다 빠른 주력과 유연한 글러브 놀림이 필요했다.

하지만 민우에겐 걱정할 것이 없었다.

민우만이 가진 능력치와 '레이더' 특성, 그리고 아이템은 민우에게 그 모든 것을 누구보다 뛰어나게 수행해 내는 능력을 부여했다.

따아악!

릴리의 5구째, 구석을 찌르는 패스트볼을 기엔이 결대로 밀어 치며 깔끔한 타격음이 터져 나왔다.

기엔의 배트에서 쏘아진 타구는 곧장 다저스타디움의 내야를 넘어 우중간 깊은 코스로 날아가고 있었다.

타구의 방향을 확인한 기엔은 눈을 빛내며 곧장 배트를 놓고는 1루 방향으로 빠르게 튀어나갔다.

'3루까지 가자!'

마치 민우가 지난 경기에서 인사이드 더 파크 홈런을 쳤을 때와 비슷한 궤적을 그리며 우중간을 완전히 가를 듯한 타구였기에 기엔은 처음부터 3루를 노린 스퍼트를 끊었다.

하지만 절대로 그런 장면을 허용하지 않겠다는 듯, 그 누구보다 빠르게 타구를 쫓아 달려가는 선수가 있었다.

—투투 피치! 쳤습니다! 결대로 밀어 친 타구가 낮게 쏘아

집니다! 우중간을 가를 듯한데요. 강민우 선수가 재빨리 타구를 쫓아 내달립니다! 빨라요!

타다다닷!

인사이드 더 파크 홈런이 운으로 나온 것이 아니라는 듯, 엄청난 스피드로 낙구 지점을 향해 달려가고 있었다.

어려운 타구라는 것을 증명하듯 타구의 궤적을 알려주는 라인은 짙은 붉은색을 보이고 있었다.

하지만 회색이 아닌 이상 잡는 것이 어려운 정도의 차이일 뿐, 민우에게 포기란 존재하지 않았다.

'붉은색이면 더 빠르게 달리면 그만이지!'

지난 경기에서의 히든 퀘스트 보상으로 주력이 3이나 상승한 덕분인지 스스로 느끼기에도 평소보다 움직임이 더욱 가벼웠다.

저 멀리 보이던 낙구 지점을 알리는 반원이 순식간에 눈앞으로 다가와 있었고, 짙은 붉은색이던 색깔도 어느새 주홍빛으로 변해 있었다.

"핫!"

몇 초가 지나지 않아 낙구 지점을 몇 걸음 남겨둔 거리에 도달한 민우가 짧은 소리와 함께 몸을 날리며 글러브를 쥔 손을 뻗었다.

공중에 붕 떠오른 채 수 미터를 날아가는 민우의 모습은 먹이를 노리는 매의 몸놀림처럼 빠르고 매서웠다.

다저스타디움에 들어선 모든 이가 입을 벌린 채 멍하니 그 모습을 바라보고 있었다.

그리고 민우의 글러브와 타구가 한 점에서 정확히 겹치며 가죽이 울리는 소리가 들려왔다.

퍽!

민우는 타구가 글러브에 들어옴과 동시에 글러브를 꽉 쥐고 양손을 뻗으며 충격에 대비했다.

촤아아악!

얼마나 빠른 속도였는지 그렇게 수 미터를 더 미끄러진 민우는 곧 자리에서 일어나 아무렇지 않은 듯, 내야를 향해 가볍게 공을 던져주었다.

동시에 다저스타디움에는 관중들의 놀라움 가득한 환호성이 쏟아져 나왔다.

"우오오오!!"

"우와아아아!"

"꺄아아아~"

—와우!! 건져냈어요! 정말 멋집니다! 도대체 몇 미터를 날아간 건가요! 강민우 선수의 빠른 발이 호수비를 만들어냅니다! 최소 2루타성 타구였는데요! 이걸 막아냅니다! 첫 번째 아웃 카운트를 화려하게 만들어내는 강민우 선수입니다! 다저스

타디움에 엄청난 환호성이 쏟아져 나옵니다!

—이야~ 정말 대단하네요! 저 타구를 잡으리라고 누가 생각했겠습니까! 하하! 기엔의 저 허탈한 표정을 보십시오.

그리 빠른 발을 소유하지 않았음에도 3루를 노리기 위해 전력으로 내달리던 기엔은 자신의 타구가 잡히는 모습에 2루 베이스 위에 멈춰 서며 허탈하게 웃고 있었다.

그리고 그런 기엔의 곁에 서 있던 2루수 캐롤이 피식 웃으며 그 엉덩이를 툭 쳤다.

"어이, 기엔. 그 정도 타구로는 민우를 뚫을 수 없다고. 저 녀석은 지금보다 더 날카롭고, 더 강한 타구라도 잡아낼 녀석이야. 그러니까 지금 같은 타구가 나오면 잡혔구나~ 하고 적당히 뛰어. 체력 낭비하지 말고. 후후."

캐롤의 장난스런 목소리에 기엔이 그런 캐롤을 바라보며 황당한 웃음을 지어 보였다.

만약 다른 선수가 그런 농담을 했다면 버럭 화를 냈겠지만 기엔과 캐롤은 2005년, 워싱턴 내셔널스에서 한솥밥을 먹으며 친분을 쌓았기에 가능한 장면이었다.

"이거보다 어떻게 더 좋게 치라는 거야. 펜스라도 넘기라는 거야?"

기엔이 하소연하듯 가볍게 외치고는 빠르게 발걸음을 뗐다.

그리고 그런 기엔을 향해 캐롤이 나지막이 말을 꺼냈다.

"음……. 그것도 짧으면 잡힐걸?"

하지만 그 말을 들었는지 듣지 못했는지 기엔은 뒤도 돌아보지 않은 채 더그아웃으로 들어갔다.

위기 상황은 아니었지만, 가끔은 이런 몸을 사리지 않는 호수비 하나가 투수에게는 굉장한 힘이 되곤 했다.

릴리 역시 장타 코스로 날아간 타구를 슈퍼 캐치로 걷어낸 민우의 모습에 환하게 미소를 지으며 박수를 치고 있었다.

그리고 그 모습에 민우 역시 마주 웃어 보이고는 자신의 수비 위치로 되돌아갔다.

10경기 연속 홈런이라는 너무나도 압도적인 기록에 밀려 가려져 있었지만, 자신의 수비가 타격에 절대 뒤처지지 않는다는 것을 보여주는 민우의 환상적인 다이빙 캐치였다.

사실 오늘도 56,000석의 매진 기록을 이어가며 다저스타디움을 찾은 이들의 목적은 민우의 연속 경기 홈런 기록을 이어가는 화려한 홈런이었다.

특히 외야석을 차지하고 있는 이들은 다저스의 골수팬들보다는 홈런 볼의 대박을 노리는 이들이 글러브를 낀 채, 이곳저곳에 자리를 잡고 있었다.

하지만 홈런이 아니더라도 사람들은 어느새 민우의 움직임 하나하나에 크게 매료가 되고 있었다.

"와~ 이래서 경기장에 와서 직접 보는 거구나. 타격만 대박인 줄 알았는데, 수비도 완전 대박인데? 어떻게 저걸 잡지?"

주변의 푸른 물결과 달리 후줄근한 티셔츠 한 장을 걸치고 있는 금발 머리의 청년의 신이 난 듯한 목소리로 외쳤다.

그러자 바로 옆에 붙어 있던 살집이 푸짐한 흑인 청년이 능글능글한 미소를 보였다.

"그래, 인마! 네가 뭘 몰라서 그렇지 강민우가 얼마나 대단한 줄 알아? 저런 호수비를 이전에도 몇 번이나 보여줬었다고. 타석에선 점수를 내고 수비에선 한 점을 훔치고! 혼자서 몇 명분을 해내는 줄 알아? 내가 이 맛에 민우 경기를 보는 거라니까? 다저스가 미치지 않는 이상 강민우를 분명히 잡을 테니까… 최소 10년은 이런 즐거움을 누릴 수 있을 거란 말이지. 아아~ 다저스 팬이라는 게 이렇게 행복할 수가 없다~"

"뭐가 그렇게 좋냐… 고 하고 싶지만 인정! 사람 많은 건 정말 질색이었는데, 이렇게 경기장에 직접 와서 경기를 보니까 내가 얼마나 어리석었는지 깨달았어. 네 말대로 민우를 매일 보기 위해서라도 당장 시즌권을 끊을 거야!"

흑인 청년은 피부와 대비되는 두 눈의 흰자를 드러내며 놀란 눈을 하더니, 이내 입가에 환한 미소를 띠며 금발 머리 청년의 등을 두드렸다.

팡팡!

"뭐? 너 이 자식… 이렇게 바람직한 녀석이었다니. 잘 생각했어! 기왕 팬이 될 거면 팀 스토어에 가서 저지도 하나 사자고. 강민우 저지는 내가 이미 샀으니 넌 다른 녀석으로 하고 말이야. 하핫! 신이시여. 이렇게 또 하나의 중생을 구원했습니다."

"뭐라는 거야?"

"음하하핫!"

민우는 수비에서의 엄청난 몸놀림으로 팬들뿐 아니라 다른 목적으로 다저스타디움을 찾은 이들에게도 꽤나 매력적인 볼거리를 제공해 주고 있었다.

그렇게 다저스의 팬들은 민우가 보여주는 또 하나의 즐거움에 취한 채, 3점이 뒤지고 있는 상황에서도 몹시 환한 웃음을 보이고 있었다.

딱!

뒤이어 들려온 타격음에 팬들이 다시금 고개를 돌려 타구의 위치를 확인하기 시작했다.

이번에도 센터 방면으로 향하는 타구였지만 너무나도 높이 떠오른 타구였고, 민우는 제자리에서 한 걸음도 움직이지 않은 채 그 타구를 가볍게 잡아냈다.

만약 앞선 타자였던 기엔의 타구를 놓쳐 3루타가 만들어졌었다면 1점을 더 내어줄 수도 있는 플라이였다.

민우의 호수비 하나가 다시금 1점을 지켜낸 것이었기에 더욱 의미가 있었다.

슈우욱!

팡!
"스트라이크 아웃!"
민우의 호수비 이후, 가벼운 마음으로 8번 로완드를 돌려세운 릴리는 9번 린스컴을 삼구삼진으로 잡아내며 삼자범퇴로 이닝을 마무리 지을 수 있었다.

민우는 대기 타석에 선 채로 배트 링을 끼운 채, 린스컴의 공에 타이밍을 맞춰 배트를 휘두르고 있었다.
'이젠 점수를 내야 할 차례인데. 사이 영 상은 아무나 받을 수 있는 게 아니라 이건가…….'
민우는 선두 타자로 타석에 들어선 로니를 상대하는 린스컴을 바라보며 고개가 절로 저어지는 것을 느끼고 있었다.
로니도 데뷔 5년 차의 베테랑이었고 다저스의 주전 1루수를 맡을 정도로 그 실력을 인정받는 선수였다.
하지만 린스컴의 공에 배트를 휘두르는 로니의 모습은 마치 어린아이가 어른이 던지는 강속구에 속수무책으로 당하는 장면을 보는 듯했다.
하지만 그것은 로니의 실력이· 모자르다기보다는 린스컴의 구위가 너무나도 압도적이라는 표현이 더 어울렸다.
'변화구만 다양한 게 아니야. 같은 구종도 구속이나 궤적을 크게 다르게 조절하고 있어.'
슈우욱!

린스컴의 손을 떠난 공이 크게 떠오르더니 엄청난 낙폭을 그리며 홈 플레이트 앞에서 떨어져 내렸다.

틱!

타이밍을 완전히 빼앗긴 상태에서 배트 끝으로 겨우 공을 건드린 로니가 휘청거리는 몸을 다잡으며 이를 악다물었다.

'후우, 밋밋한 공은 보여주기 위한 거였어.'

올 시즌도 벌써 세 차례나 상대했던 린스컴이었기에 그 공이 어색하게 느껴지지는 않고 있었다.

하지만 문제는 바로 이 커브의 위력이 발휘되느냐 아니냐였다.

'벌컨 체인지업 이전에 커브가 있었으니까.'

린스컴을 상대해 본 경험이 있는 로니도, 자료로만 접했던 민우도 그 점은 확실히 알고 있었다.

린스컴은 올 시즌 들어 모종의 이유로 커브의 피안타율이 3할에 육박할 정도로 그 위력이 떨어지는 바람에 그 비율을 줄인 상태였다.

하지만 제대로 긁히는 날에는 벌컨 체인지업과 함께 린스컴의 원투펀치로 작용하는 것이 바로 린스컴의 커브였다.

그리고 바로 지금처럼 그 낙폭까지 자유자재로 조절하는 날에는 거의 언터처블이라고 할 수 있었다.

슈우욱!

팡!

"스트라이크 아웃!"

로니는 느린 커브에 익숙해진 상태에서 기습적인 하이 패스트볼에 결국 배트를 헛돌리고 말았다.

분하다는 듯 짜증이 담긴 표정으로 린스컴을 잠시 노려본 로니가 이내 천천히 몸을 돌려 더그아웃으로 향했다.

아쉬움이 가득한 표정으로 로니가 삼진을 당하는 것을 지켜본 다저스의 팬들은 천천히 타석으로 걸어가는 민우를 향해 다시금 격한 환호를 보내기 시작했다.

"민우! 민우!"

"홈런! 홈런!"

"오늘도 한 방 날려 버려!"

"사이 영 상 투수도 너한테는 안 된다는 걸 보여주라고!"

민우도 그 응원에 화답하고 싶었다.

당연히 최선을 다할 생각이었고, 질 거라는 생각도 하지 않았다.

이미 꿈의 기록인 10경기 연속 홈런을 달성했지만, 여기서 멈추고 싶지도 않았다.

하지만 모든 일이 바람처럼 되는 것은 아니었다.

슈우욱!

팡!

"스트라이크!"

린스컴의 손에서 쏘아진 94마일짜리 공이 홈 플레이트 앞에서 살짝 휘어지며 스트라이크존을 통과했다.

'커터!'

오늘 경기에서 처음으로 던진 커터였다.

패스트볼이라면 무조건 볼로 판정될 만한 궤적이었기에 속고 만 것이었다.

잠시 발을 풀며 힐긋 포지를 바라보니 그도 민우를 바라보고 있었다.

"강, 오늘은 절대로 쉽지 않을 거야. 너도 봤다시피 린스컴은 오늘 제대로 긁히는 날이거든. 홈런을 치고 싶다면 일단 린스컴을 끌어내리도록 노력해 봐."

입꼬리가 살짝 올라간 상태로 두 눈은 투지로 빛나고 있었다.

조금 전의 커터는 초구부터 스트라이크를 잡고 가겠다는 포지의 의지의 반영이기도 했다.

그 모습에 민우도 투지를 불태우기 시작했다.

"그래? 그럼 꼭 홈런을 때려야겠네. 삼세판 중에 한 번은 되겠지."

그 말과 함께 다시금 자세를 잡고 고개를 돌리는 민우의 모습에 포지가 피식 웃어 보였다.

'지금껏 상대했던 투수들이랑은 차원이 다르다는 걸 알게 될 거야.'

곧 포지가 다리 사이로 손을 넣은 채, 빠르게 움직이기 시작했다.

슈우욱!

팡!

"볼!"

2구는 민우를 현혹시키기 위한 하이 패스트볼이었지만, 이미 빠른 볼을 하나 지켜본 민우에겐 통하지 않았다.

그 모습에 포지가 곧장 다음 공을 주문했고, 곧 린스컴이 역동적인 투구 폼으로 강하게 공을 뿌렸다.

슈우욱!

거의 한가운데로 날아오는 공의 궤적이었지만 미묘한 속도의 차이를 느낀 민우는 스트라이드를 한 번 더 디디며 타이밍을 늦췄다.

그리고 그 예상 궤적선상을 향해 배트를 매섭게 휘둘렀다.

딱!

하지만 예상했던 경쾌한 타격음 대신, 둔탁한 느낌과 함께 손이 가볍게 울리는 것이 느껴졌다.

'이건… 잡히겠네.'

공에 움직임이 없는 것이 '논 스핀 히트' 특성이 발동하지 않은 듯 보였다.

민우는 아쉬운 표정으로 배트를 놓고는 천천히 1루를 향해 달려갔다.

—낮은 공을 퍼 올립니다! 높을 포물선을 그리며 뻗어가는 타구! 하지만 중견수가 제자리에서 기다립니다. 크게 뻗지 못한 타구가 중견수, 로완드의 글러브에 잡힙니다. 2아웃!

공의 밑면을 때린 듯, 높은 포물선을 그리며 외야로 떠오른 타구는 얼마 뻗지 못한 채, 제자리에서 거의 움직이지 않은 중견수, 로완드의 글러브에 가볍게 안착하고 말았다.

"와아아… 아아……."

"오오… 우우……."

민우의 배트가 돌아가자 관중들이 일제히 자리에서 일어나 환호성을 질렀지만, 곧 얼마 뻗지 못하고 중견수의 글러브에 잡히고 마는 모습에는 머리를 부여잡으며 안타까움을 표했다.

민우를 손쉽게 잡아낸 것은 시작이었다는 듯, 자이언츠 배터리는 6번 블레이크마저 4구 만에 삼진으로 깔끔하게 돌려세우며 다시 한 번 다저스의 공격을 무위로 돌렸다.

무기력한 타선의 모습에 관중들의 얼굴은 계속해서 펴질 줄을 몰랐다.

그리고 그들의 표정은 3회를 지나 4회, 그리고 5회까지 펴질 수가 없었다.

5회말 1아웃까지 13타자 무안타.

단 한 타자의 출루도 허용하지 않는 린스컴의 퍼펙트 피칭이 계속될수록 다저스타디움에는 탄식과 정적이 반복되고 있었다.

4번 로니의 뒤를 이어 민우의 2번째 타석이 돌아오자 팬들은 다시금 희망 섞인 눈빛으로 민우를 바라보기 시작했다.

"그래도 민우라면 무언가 해주지 않을까?"

"홈런도 좋지만, 일단 린스컴의 퍼펙트부터 깨뜨렸으면 좋겠어."

"자이언츠 녀석들이 대기록을 만드는데 희생양이 될 수는 없잖아!"

팬들의 간절한 바람은 어느덧 민우를 향한 응원의 목소리로 표출되기 시작했다.

"강!! 날려 버려!!"

"홈런! 홈런!"

"킹 캉! 킹 캉!"

그 목소리가 고스란히 향하는 곳에 있는 민우도 마음만은 한 방을 날려 버리고 싶은 마음이 넘쳐흐르고 있었다.

하지만 오늘 린스컴의 구위는 뛰어났고, 다저스의 타선은 그런 구위를 파훼하기에는 너무나도 무기력했다.

'사이 영 상을 받을 때의 투구를 하고 있다.'

직전 이닝, 린스컴에게 오늘 경기에서만 벌써 삼진 2개를 헌납한 이디어의 말에 더그아웃에 자리한 모두의 고개가 무겁게 끄덕여졌다.

패배감에 젖은 것은 아니었다.

단지 상대 투수의 구위가 뛰어난 것을, 오늘 경기는 힘들지도 모른다는 것을 인정한 것뿐이었다.

그리고 그들의 시선은 팬들과 마찬가지로 다시금 타석에 들어서고 있는 민우에게로 향해 있었다.

그들의 머릿속에는 민우가 린스컴의 퍼펙트를 깨뜨리고, 공격의 물꼬만 터준다면 분위기를 가져올 수도 있다는 생각들이 자리 잡고 있었다.

그리고 그들을 위해 민우도 민우 나름대로의 대응책을 찾고 있었다.

슈우욱!

팡!

"볼!"

초구는 민우에게 얕은 플라이 아웃을 얻어냈던 벌컨 체인지업이었다.

패스트볼의 궤적으로 날아오다 떨어져 내리는 그 공에 민우는 배트를 내밀지 않았다.

아슬아슬하게 스트라이크존의 아래로 지나쳐 가며 볼로 판정되는 공에 민우가 가볍게 고개를 끄덕거렸다.

'낮게 떨어지는 스플리터는 맞춰도 멀리 뻗지 못하고, 이 공도 마찬가지야. 초반에는 건드리지 않는 게 좋아.'

그리고 민우의 신중한 모습에 포지가 조용히 미소를 지었다.

'어떻게든 살아보겠다고 생각을 했나 본데, 같은 코스로 보여주면 무슨 반응을 보일까.'

포지는 곧장 다리 사이로 손을 놀리며 사인을 보냈고, 린스컴은 무표정한 얼굴로 고개를 끄덕였다.

슈우욱!

같은 코스로 날아오는 공에 민우가 그 궤적을 확인하고 배트를 거두는 순간.

팡!

"스트라이크!"

이번에는 스트라이크 판정을 받는 모습에 민우의 두 눈이 크게 떠졌다.

'낙폭을 줄였어?'

시작은 같았으나 홈 플레이트 부근에서의 변화가 미묘하게 줄어들어 있었다.

카운트를 하나씩 주고받은 상태에서 다시금 3구가 뿌려졌다.

슈우욱!

몸 쪽 낮은 코스로 빠르게 날아오는 공의 궤적은 스트라이크존의 구석을 노리고 있었다.

카운트를 잡으러 들어오는 공이라고 판단한 민우의 배트가 곧장 매섭게 돌아갔다.
따악!

—제대로 당겨 친 타구! 1루수 허프의 글러브에!

날카롭게 당겨 친 타구는 총알같이 쏘아져 1루수의 정면으로 향했다.
그리고 1루수 허프가 글러브를 움직이는 것이 조금 늦으며 타구는 글러브 대신 그 몸을 강타하고 말았다.
팍!
"크."
순간적으로 밀려오는 격한 통증에 1루수 허프가 나지막한 비명을 지르며 비틀거렸다.
하지만 이를 악문 채, 옆으로 튕겨 나간 타구를 주워 든 허프는 곧장 베이스 커버를 들어온 린스컴에게 공을 토스하며 기어코 아웃 카운트를 잡아냈다.

—아, 놓쳤는데요! 다시 집어 들어서! 투수에게 토스! 조금 아쉬웠네요! 강민우 선수의 두 번째 타석은 1루 땅볼로 아웃이 됩니다.
—허프 선수가 제대로 포구를 하지 못했는데, 강민우 선수에게 조금은 운이 따르지 않은 타석이었네요. 린스컴의 퍼펙

트 피칭은 계속됩니다.

'하아……. 이런 타구까지 잡히면 오늘은 정말 힘든데.'

베이스를 지나 한참을 뛰어갔던 민우는 몸을 돌려 자신의 타구를 온몸으로 막아낸 허프와 하이파이브를 하고 있는 린스컴을 잠시 바라봤다.

'이 기세면 11경기 연속 홈런은커녕… 오히려 저 녀석의 퍼펙트가 농담이 아니게 될 거야.'

같은 패배라도 퍼펙트게임, 혹은 완봉승을 내어주는 것과 한 점이라도 점수를 내는 것은 그 심리적 타격에 큰 차이가 있었다.

끔찍한 생각이라는 듯, 민우가 미간을 가볍게 찌푸리고는 빠르게 더그아웃으로 돌아갔다.

"아아……."

"또 막혔어!"

"정말로 린스컴에게 퍼펙트를 내어줄 생각인 건가?"

"지금은 운이 나빴어."

"운은 필요 없다고. 퍼펙트를 내어주고 운이 나빴다고 해봤자 비웃음만 당할 거야."

"민우도 안 된다면 누가 린스컴의 퍼펙트를 깨뜨릴 수 있을까."

"퍼펙트도 퍼펙트지만… 민우의 기록이 끊어질 거야."

민우의 잘 맞은 타구마저 내야를 뚫지 못하고 아웃이 되는 모습은 일말의 희망을 가지고 있던 다저스의 팬들에게 불안감을 심어주었다.

그리고 6회 말, 안타 하나와 홈런 하나로 가볍게 2점을 더 뽑아내는 자이언츠의 공격에 팬들의 표정은 더욱 어두워져 갔다.

릴리는 결국 6회, 아웃 카운트를 하나도 잡지 못한 채 강판되고 말았다.

다저스는 곧장 불펜을 풀가동하기 시작했고, 트론코소—위버—벨리사리오—도텔까지 네 투수를 투입해 8회 초까지 3이닝을 무실점으로 막아낼 수 있었다.

하지만 그런 투수진의 노력이 무색하게 타선은 여전히 린스컴의 호투에 막혀 침묵을 유지하고 있었다.

8회 말, 다저스의 공격이 시작되었다.

마운드 위에는 여전히 린스컴이 건재한 모습으로 연습구를 뿌리고 있었고, 타석에서 떨어진 곳에는 로니가 이번에야말로 쳐내겠다는 듯, 무시무시한 눈빛으로 린스컴을 노려보고 있었다.

마치 잡아먹기라도 할 듯한 그 눈빛에도 린스컴은 한 점의 흔들림도 없었고, 곧 타석에 들어선 로니를 향해 빠르게 투구를 이어갔다.

슈우욱!

팡!

린스컴의 패스트볼 구속은 여전히 95마일까지 찍히는 모습을 보이고 있었다.

경기당 평균 투구 수가 100개를 가뿐히 넘는 린스컴이었기에 퍼펙트 피칭을 이어가며 투구 수를 줄였던 것이 힘이 남아 있는 이유이기도 했다.

그리고 린스컴과 로니의 승부는 1분이 채 지나지 않아 결론이 나고 말았다.

"스트라이크 아웃!"

풀카운트 상황에서 낮은 코스로 들어오는 벌컨 체인지업에 로니는 볼이라고 판단한 듯, 배트를 던지고 1루로 몸을 돌린 상태였다.

하지만 주심은 주먹을 휘두르며 스트라이크를 선언했고, 로니가 두 눈을 동그랗게 뜬 채 주심을 바라봤다.

"이게 볼이지 어떻게 스트라이큽니까?"

로니의 항의에 주심이 단호한 표정으로 고개를 저었다.

"스트라이크가 맞아."

포지는 지나가는 듯한 말로 노련하게 주심의 판정을 거들었다.

"제 눈에는 스트라이크였습니다. 타자보다 포수인 제가 더 잘 볼 수 있다는 거 아시죠? 조금 전은 아주 제대로 보신 거

예요."

그리고 포지의 말에 주심의 표정이 살짝 풀어졌다.

포수의 장점이 바로 이것이었다.

한 경기에서 많아야 네다섯 번 정도를 잠시 스쳐 지나가는 타자와 달리, 포수는 경기 내내 한 자리에서 주심과 같이 경기를 진행한다.

그렇기 때문에 경기 중간중간 주심과 친분을 쌓기가 훨씬 쉬웠고, 이런 영향으로 타자와 포수가 각각 의견을 표한다면 보통 포수의 의견에 손을 들어주는 경우가 많았다.

로니는 신경을 거슬리게 하는 포지를 무시한 채, 곧장 주심에게 얼굴을 들이밀며 목소리를 높였다.

"완전 아래로 꺼지는 공이었잖습니까! 그런 공은 누가 와도 칠 수 없다고요!"

"이봐. 아무리 그래도 내 판정에는 변함이 없어."

"뭐라고요? 그럼 어디 한 번 제가 공을 던져 줄 테니 쳐보시든가요."

로니의 말에 주심이 발끈한 듯, 마스크를 벗으며 로니를 마주 노려봤다.

다저스 팬들도 로니가 삼진에 항의하는 모습에 덩달아 불같이 일어나며 주심을 향해 거친 욕설과 야유를 보내고 있었다.

"눈 똑바로 뜨고 보라고!"

"그러고도 네가 심판이냐!"

"방금 전은 바닥에 스칠 정도로 낮았다고!"

대기록을 향해 가는 투수는 종종 주심의 판정에 도움을 받는 경우가 있었기에, 다저스 팬들은 주심이 다저스가 아닌 린스컴을 위해 판정을 내렸다고 생각하며 더욱 끓어오르고 있었다.

그렇게 잠시 소란이 일던 중, 결국 로니가 승복하지 않는 모습에 주심이 손을 크게 휘두르며 퇴장을 선언했다.

퇴장 판정이 나오자 더욱 흥분한 로니가 주심에게 득달같이 달려들려고 했고, 타석으로 다가오던 민우가 잽싸게 그 사이를 막아섰다.

"로니, 진정해. 흥분한다고 되는 게 아니잖아."

곧 천천히 걸어 나온 토리 감독도 주심을 지그시 바라보며 나지막이 항의를 했고, 매팅리 코치는 로니를 다독이며 더그아웃으로 데리고 갔다.

곧, 타석으로 들어서는 민우는 주심의 얼굴을 힐긋 바라봤다.

조금 전의 로니의 항의 때문인지 그 얼굴은 상당히 굳어져 있었다.

'로니 덕분에 존이 조금은 좁아질 수도 있겠는데.'

린스컴은 퍼펙트게임을 향해가고 있었고, 민우는 11경기 연속 홈런을 노리고 있었다.

그리고 조금 전의 소란 때문에 다저스 팬들에겐 이미 주심이 제대로 된 판정을 내리지 않는다는 인식을 심어주고 있었다.

이런 상황에서 하필이면 타석에 들어서는 타자가 민우였기에 주심의 부담은 더욱 클 수밖에 없었다.

어느 한쪽에 치우친 판정을 하는 듯한 모습을 보인다면 한동안 살해 협박을 당할 지도 모를 일이었다.

그 어떤 주심도 겪어보지 못했던 투타 대기록 대결이었기에 주심은 절로 목이 타고 있었다.

주심은 힘겹게 들고 있던 한 손을 아래로 천천히 내리며 경기의 재개를 알렸다.

경기가 재개되자 심판을 향해 날이 선 목소리를 내뱉던 다저스의 팬들은 언제 그랬냐는 듯, 민우를 향해 응원의 목소리를 내뱉기 시작했다.

“킹 캉! 킹 캉!”

“홈런!!”

“제대로 한 방 날려 버려!!”

“넌 할 수 있어!”

“푸른 피가 얼마나 뜨거운지 보여줘!”

오늘 경기에서 민우는 현재까지 2타수 무안타로 린스컴의 투구에 완전히 압도당하는 듯한 결과를 보여주고 있었다.

다저스타디움을 찾은 많은 관중은 린스컴의 구위가 전혀 떨어지지 않은 듯한 모습에 압도당한 상태였다.

여기에 더해 앞선 타석에서 로니가 판정에 불복하는 모습에 주심이 자이언츠에게 유리한 판정을 내리고 있다는 데에까지 생각이 미치고 있었다.

그들의 눈에는 상황이 자이언츠에게 너무나도 유리하게 돌아가고 있었다.

이미 점수는 5점이나 벌어진 상황이었기에, 역전을 하지 못하는 이상 민우에겐 이번 타석이 오늘 경기의 마지막 타석이 될 것이 확실시됐다.

그렇기에 이번 타석에서 린스컴의 퍼펙트 피칭을 깨뜨리지 못한다면 민우의 연속 홈런 신기록은 그대로 끝이 나는 것이었다.

동시에 퍼펙트게임의 희생양이 될 확률은 더더욱 높아지는 것이었기에 팬들의 불안감은 극에 달한 상태였다.

그렇기에 그들은 그런 불안감을 떨쳐 내기라도 하려는 듯, 더욱 목청껏 민우의 이름을 연호하며 응원의 목소리를 내고 있었다.

하지만 아이러니하게도 자이언츠의 포수인 포지는 그런 다저스 팬들의 생각과 달리 마지막 타석임에도 방심은커녕 더욱 신중한 눈빛으로 민우를 바라보고 있었다.

'린스컴의 구위는 변함없이 완벽에 가까워. 하지만 전 타석에서의 스윙을 잊어선 안 돼. 그 매서운 스윙… 어쩌면 이 녀석, 단 두 타석 만에 린스컴의 공에 적응했을지도 몰라.'

포지의 뇌리에는 바로 직전 타석에서 1루수의 정면으로 향했던 매서운 타구가 강렬한 인상으로 남아 있었다.

타이밍은 완전히 어긋났지만, 완벽하게 구석을 찌르는 공이었음에도 기어코 그 공을 스위트스폿 부근에 맞춰 강력한 타구를 쏘아 보냈다.

만약 그 높이가 조금이라도 높았거나, 아주 조금만 옆으로 휘었더라면 퍼펙트는 이미 한참 전에 깨지고도 남았을 것이다.

자이언츠 배터리에겐 오늘 경기에서 유일하게 위기를 느꼈던 것이 바로 민우의 타석이었다고 해도 과언이 아닐 정도였다.

'오히려 린스컴이 퍼펙트를 이어가는 상황이라는 것이 부담이야.'

차라리 퍼펙트가 진즉에 깨졌더라면 린스컴으로서도 심적인 부담이 조금은 덜했을지도 몰랐다.

하지만 퍼펙트를 이어가고 있는 지금, 린스컴도 퍼펙트게임을 의식하지 않을 수 없었고, 그런 의식이 완벽했던 투구에 미약하게나마 빈틈을 줄 수 있었다.

그리고 그런 일말의 빈틈이 곧 민우에겐 기회가 될 것이다.

'이 녀석도 홈런 기록이 걸려 있으니까… 더욱 집중할 거야. 가장 자신 있는 공을 뿌려야 한다.'

곧, 생각을 마친 포지가 다리 사이로 손을 넣고 사인을 보냈고, 린스컴은 신중한 표정으로 고개를 끄덕이고는 민우를 잠시 노려봤다.

곧 린스컴은 특유의 역동적인 투구 폼으로 첫 번째 공을 뿌렸다.

슈우욱!

린스컴의 손을 떠난 공이 민우에게서 가장 먼 곳을 향해 총알같이 쏘아졌다.

팡!

공이 꽂히는 순간, 주심은 부릅뜨고 있던 두 눈에 힘을 풀며 조심스레 몸을 일으키는 동작을 취했으나, 그 손은 올라가지 않았다.

초구는 스트라이크존의 바깥쪽 낮은 코스에서 살짝 빠진 포심 패스트볼이었다.

공이 포수의 미트에 꽂힌 이후, 주심의 손으로 몰렸던 수많은 이가 일제히 가볍게 환호성을 내뱉었다.

이제 겨우 1구가 뿌려진 것뿐이었다.

하지만 대기록 대 대기록의 싸움이라는, 역사에서도 보기 드문 광경이 주는 그 긴장감에 관중들의 기대와 불안은 여느 때에 비할 수 없을 정도로 높아져 있었다.

그렇기 때문인지 관중석에서는 초구부터 꽤나 격렬한 반응이 나오고 있었다.

그리고 그런 팬들의 반응 속에 담겨 있는 간절함이 민우의 어깨를 무겁게 하면서도 정신은 더욱 또렷하게 만들고 있었다.

* * *

"퍼펙트게임을 당하는 건 아닌가 걱정하고 있는 거냐?"

더그아웃에서 복잡한 표정으로 린스컴의 투구를 바라보고 있던 민우는 옆에서 들려오는 목소리에 고개를 돌렸다.

민우의 옆에는 블레이크가 자못 진지한 표정을 지으며 민우를 바라보고 있었다.

민우는 그 물음에 자신이 약한 마음을 먹었다는 것을 솔직히 이야기해야 할지, 숨겨야 할지 고민하다가 곧 가볍게 고개를 끄덕이며 조심스레 입을 열었다.

"아… 예."

블레이크는 민우의 대답에 단호한 눈빛으로 입을 열었다.

"네가 어떤 생각을 하고 있는지는 모르겠지만… 혹여나 팀에 굴욕을 안기지 않겠다는 등의 생각이라면 틀렸다. 출루를 하겠다고 적당히 휘두를 생각은 하지도 마라. 그런 태도로는 절대로 린스컴의 공을 때릴 수 없을 테니까."

블레이크의 이야기에 민우는 속마음을 들킨 것만 같아 대답 없이 조용히 그 이야기를 듣고만 있었다.

"넌 평소대로 너의 스윙을 하면 된다. 매 경기 홈런을 날렸던 것도, 팀을 위기에서 구해냈던 것도 결국은 너의 그 호쾌한 스윙이었지, 살겠다고 적당히 휘두르는 스윙은 아니었다는 건 네가 더 잘 알 테지. 분명 널 응원하는 팬들도 바로 너의 그 호쾌한 스윙을 보고 싶어 할 거다."

'나의 스윙…….'

블레이크의 이야기에 민우가 조용히 고개를 끄덕이며 더그아웃 바깥으로 펼쳐진 관중석을 바라봤다.

다저스타디움의 56,000에 달하는 관중석이 꽉 들어찰 정도로 연일 매진 행렬이라고 했다.

그리고 관중들이 찾아온 이유는 민우도 잘 알고 있었다.

민우가 타석에 들어설 때마다 그들의 기대에 찬 환호성이 자신을 향해 쏟아져 나왔었다.

'최선을 다해야 하는 게 당연한 건데도… 퍼펙트게임을 의식한 나머지 내가 무얼 해야 하는지를 잊어버리다니. 내 불찰이다.'

민우를 여기까지 이끌었던 것은 끝없는 노력에 더해 특별한 능력치도 있었지만 결국 매 타석마다 최선을 다해 배트를 휘두른 것이 좋은 결과를 만들었던 것이었다.

그런데 지금은 퍼펙트를 내어주지 않기 위해, 살아나가야 한다는 생각에 짧은 스윙까지 생각하고 있었다.

하지만 그것이 여러 가지로 잘못된 것이라는 걸 블레이크가 깨닫게 해주고 있었다.

최고의 공에는 최선을 다한 스윙만이 정답이었다.

팬들을 바라보며 무언가를 깨달은 듯한 민우의 모습에 블레이크가 옅게 웃음을 지으며 조용히 말을 이어갔다.

"유일무이의 기록이란 건 말이야. 나처럼 평생 그 근처에도 가보지 못하고 은퇴하는 선수들이 대부분일 정도야. 꿈, 그 자체인 거지. 그리고 그건 다저스를 응원하는 수많은 팬도 마찬가지고. 그리고 그 기록을 위해 최선을 다하는 자세야말로 팬들에겐 가장 큰 즐거움이 되는 거다. 그러니까 적당히가 아니라 네가 보여줄 수 있는 최고의 스윙을 보여줘라. 그럼… 녀석의 퍼펙트게임도 끝이 날 테니까."

민우는 고개를 돌려 블레이크를 바라보며 나지막이 웃어 보였다.

"예. 명심할게요. 정말 고마워요, 블레이크."

민우의 감사 인사에 블레이크는 피식 웃으며 민우의 머리를 쓰다듬어 주었다.

* * *

'기필코 때린다.'

잠시 발을 풀었던 민우가 다시 배터 박스에 들어서며 배트를 강하게 쥐었다.

그리고 민우의 팔 근육이 부풀어 오르는 것을 본 포지가 본능적으로 느껴지는 위험신호에 더욱 신중히 사인을 보내기 시작했다.

'이 녀석, 이번 타석에 뭔가 일을 낼 것 같은데.'

곧, 포지의 사인을 받은 린스컴이 공을 뿌리기 시작하며 다시금 린스컴과 민우의 세기의 기록을 건 대결이 시작됐다.

슈우욱!

팡!

"스트라이크!"

2구는 민우가 직전 타석에서 매서운 타구를 날려 보냈던 바로 그 코스였다.

보통의 포수들이 통타당했던 코스와 구종을 피하는 것을 생각하면 이례적인 선택이었다.

민우도 그 모습에 의외라는 표정을 지어 보였다.

'허를 찔렀네.'

하지만 너무나도 완벽한 공이었기에 미련을 버린 민우는 곧장 다음 공에 집중하기 시작했다.

슈우욱!

팡!

"볼!"

"예에!!"

딱!

"파울!"

"아아!!"

딱!

"파울!"

"아우우!!"

한 구, 한 구가 꽂히고 파울이 나올 때마다 관중들은 격한 탄식과 안도의 환호성을 내뱉으며 격한 반응을 보이고 있었다.

딱!

"파울!"

또 하나의 파울이 나오자, 두 손을 모은 채 민우를 바라보던 수많은 팬이 일제히 탄식을 내뱉으며 머리를 감싸 쥐었다.

"오오… 으아아아!"

"또 파울이야!"

—제8구! 파울! 백스톱을 그대로 때리는 파울입니다! 아~ 퍼펙트게임까지 아웃 카운트 5개를 남겨둔 상태에서 강민우의 타석이 오늘 경기 린스컴의 최대 고비인데요. 강민우가 계속해서 파울을 만들어내며 린스컴을 괴롭히고 있습니다만, 타이밍을 전혀 맞추지 못하는 모습으로 제대로 맞는 타구는 아직까지 하나도 나오지 않고 있어요.

—린스컴의 집중력도 참 대단합니다. 벌써 8구째인데요. 이

쯤 되면 지칠 법도 한데 여전히 위력적인 공을 뿌리며 강민우 선수를 찍어 누르고 있습니다.

"타임!"

민우는 린스컴이 9구를 뿌리기 전, 한 손을 들어 타임을 요청하며 잠시 발을 풀었다.

주심 역시 초긴장 상태인 듯, 그 타임 요청을 곧장 받아들이며 숨을 고르는 모습이었다.

2볼 2스트라이크.

투수에게 굉장히 유리한 카운트였다.

포지는 곧 린스컴에게 하나의 사인을 보냈고, 린스컴은 굳은 얼굴로 고개를 끄덕이고는 글러브를 들어 올렸다.

슈우욱!

린스컴의 손을 떠난 공이 스트라이크존의 한가운데로 곧게 뻗어오기 시작했다.

동시에 민우가 스트라이드를 내디디며 배트를 내미려는 순간, 직감이 알려주는 위험신호에 곧장 몸을 틀며 배트를 뒤로 잡아당겼다.

마치 스트라이크존의 한가운데에 꽂힐 듯 보이던 그 공은 순식간에 밑으로 꺼지며 포지의 미트에 꽂혔다.

팡!

그리고 그 공에 어깨를 들썩였던 주심의 손은 위로 올라가지 않았다.

"볼!"

확신에 찬 표정을 지은 채 미트를 곧게 들고 있던 포지는 주심의 판정에 아쉬움이 가득한 표정으로 고개를 숙이고 말았다.

—볼! 볼입니다! 3볼 2스트라이크. 풀카운트가 만들어집니다! 와~ 저 공을 참아내다니, 강민우 선수도 정말 대단합니다! 린스컴도 이제 더 이상 피할 기회는 없습니다.

주심의 판정으로 풀카운트가 만들어지자 다저스타디움에 다시 한 번 우렁찬 환호성이 쏟아져 나왔다.

타석에서 한 발 물러선 민우가 조금 전의 공을 떠올리고는 굳은 표정을 지어 보였다.

'이건 로니가 살린 거야.'

로니가 삼진을 당하고 강하게 항의를 했던 바로 그 코스.

그 코스보다 정말 손톱만큼 낮게 들어온 공이었고, 주심은 그 미묘한 차이에 볼을 선언했다.

운이 나빴다면 스트라이크 판정을 받았을 수도 있었던 공이었기에 민우의 입가에 아주 미미하게 미소가 피어올랐다.

그리고 그 미소를 우연히 본 포지의 마음이 더욱 무거워졌다.

'결국 우려하던 상황이 만들어졌어. 하아……'

포지는 등 뒤로 식은땀이 흘러내리는 것을 느끼며 힘겹게 침을 삼켰다.

어려웠다.

평소라면 볼넷으로 내보내도 그만이었지만, 지금은 아니었다.

퍼펙트게임.

안타든, 볼넷이든, 실책이든 그 어떠한 이유를 불문하고 단 한 타자의 출루도 허용하지 않아야 만들어낼 수 있는 대기록이었다.

어떻게든 출루를 막아야 했다.

만약 완벽한 유인구를 뿌리지 못한다면, 그렇게 민우의 배트가 딸려 나오지 않는다면 린스컴의 퍼펙트게임은 여기서 끝이었다.

스트라이크존에 꽂아 넣었다가 안타를 맞아도 마찬가지였다.

다양한 경우의 수가 있지만 그 모든 것이 자이언츠에게 불리하게 작용하고 있었다.

지키는 것은 깨뜨리는 것보다 어려운 법이었다.

하지만 지켜내야 했다.

그것이 자신의 역할이었다.

포지는 곧 정신을 다잡고는 하나의 공을 요구했다.

그리고 린스컴은 군말 없이 가볍게 고개를 끄덕이며 투수판을 밟았다.

잠시 숨을 고르며 뜸을 들이던 린스컴이 곧 하이 키킹과 함께 몸을 비틀며 강하게 공을 뿌렸다.

슈우욱!

린스컴의 손에서 공이 떠난 순간, 민우의 배트도 매섭게 스타트를 끊었다.

'몸 쪽!'

벼락같이 돌아간 민우의 배트가 홈 플레이트 바로 앞에서 린스컴의 공과 마주하는 순간.

따아아악!

맑고 경쾌한 타격음이 그라운드에 울려 퍼졌다.

민우는 손에서 아무런 반동이 느껴지지 않는 것에 확신에 찬 표정을 지으면서 제자리에 멈춰선 채로 타구를 바라보기 시작했다.

'홈런인가? 파울인가?'

제대로 당겨 친 타구가 순식간에 솟아올라 우측 외야로 뻗어갔다.

다저스, 자이언츠를 가리지 않고 모두가 각자의 바람을 가진 채 타구를 좇아 고개를 들었다.

'안쪽으로 가라! 안쪽으로!'

'휘어져 나가! 나가 버리라고!'

그리고 조금씩 조금씩 우측으로 휘어지던 타구가 높이 솟아 있는 노란 폴대의 꼭대기를 강타하며 강한 울림을 만들어냈다.

텅!

툭! 툭!

폴대를 맞춘 공이 다시 그라운드 안으로 돌아왔지만, 그것이 의미하는 바는 모두가 알고 있었다.

11경기 연속 홈런.

또 하나의 대기록이 달성되는 순간이었다.

"우와아아아아!!!"

"퍼펙트를 깨뜨렸다!!"

"또 해냈어!!"

"신기록에 또 신기록이라고!!"

다저스 팬들의 격한 환호성을 받으며 다이아몬드를 돌고 있는 민우의 모습은 퍼펙트 기록 달성에 결국 실패한 린스컴과 포지의 가슴을 너무나도 아프게 하고 있었다.

—오 마이 갓!! 언빌리버블! 우측 폴대의 가장 높은 곳을 강타하는 타구!! 확인해 볼 것도 없습니다! 홈런!! 홈런이 만들어집니다!! 강민우 선수가 린스컴의 퍼펙트를 무산시키며 자신의 기록을 다시 한 번 이어나갑니다! 11경기 연속 홈런입니다!!

—와… 어떻게 이런 일이 가능할까요? 정말 저 선수가 데뷔한 지 한 달이 채 안 된 선수가 맞는 건가요? 한국에서 저 선수가 방출을 당했다는 이야기가 도무지 믿기지가 않습니다! 지금쯤 저 선수를 내친 구단에서 땅을 치고 후회하고 있을지도 모르겠습니다!

민우의 홈런 한 방으로 퍼펙트게임과 완봉승이 모두 무산된 린스컴은 다음 타자였던 블레이크에게 연속 홈런을 허용하며 실점을 2점까지 늘렸고, 결국 불펜에게 공을 넘기며 마운드를 내려가고 말았다.

그리고 불펜이 무실점으로 승리를 지켜내며 자이언츠는 스윕을 면할 수 있었다.

하지만 홈으로 돌아가는 그들에겐 퍼펙트게임이 깨졌다는 후유증이 진하게 남아 있었고, 린스컴이 시즌 말미까지 부진을 거듭하는 이유 중 하나가 되었다.

결국 다저스는 경기에서 패배하며 스윕을 달성하지는 못했다.

그리고 자이언츠와의 경기가 끝난 뒤, 기자들은 발 빠르게 경기 결과와 함께 민우의 신기록 달성을 기사에 담아 각종 사이트에 게시하기 시작했다.

〈'코리안 몬스터' 강(KANG), 퍼펙트게임도 무너뜨린 괴력으로 11경기 연속 홈런 기록 만들어. 메이저리그의 전설을 향해 달려간다.〉

〈'킹 캉' 강민우, 내 앞을 막을 자 누구인가. 전대미문의 '11경기 연속 홈런' 달성.〉

〈2년 연속 '사이 영 상' 투수도 막지 못한 슈퍼 루키의 위대한 발걸음. 11경기 연속 홈런을 넘어 12경기 연속 홈런을 노리다.〉

기사를 본 이들은 댓글을 통해 엄청난 반응을 보이기 시작했고, 댓글 숫자는 천 단위를 넘어 만 단위를 돌파하려는 기세를 보였다.

그리고 사람들은 곧장 민우에게 '킹 캉', '코리안 몬스터' 등 다양한 별명을 가졌음에도 새로이 또 하나의 별명을 붙여주었고, 댓글들 중 가장 많은 추천을 받으며 모두가 그 별명을 마음에 들어 했다.

'기록 파괴자.'

오늘 경기에서 또 하나의 홈런을 기록하며 린스컴의 퍼펙트게임을 무산시킴과 동시에 자신의 연속 홈런 기록을 스스로 깨뜨리며 11경기로 새로이 갱신하는 모습에 대한 팬들의 찬사가 담긴 별명이었다.

그리고 그 별명은 곧 뒤늦게 기사를 작성하던 이들이 빠르게 인용하며 민우를 지칭하는 또 하나의 공식 별명이 되었다.

*　　　　*　　　　*

앙숙인 자이언츠에게 마지막 경기를 내어주었다는 것에 시무룩해할 법도 하건만, 경기장을 빠져나가는 다저스 팬들의 얼굴에는 환한 미소만이 가득 들어차 있었다.

이유는 단연 린스컴을 한 방에 무너뜨린 민우의 홈런 때문이었다.

팬들은 8회까지 다저스 선수들 중 그 누구도 깨뜨리지 못한 린스컴의 퍼펙트 피칭을 벼락같은 홈런 한 방으로 깨뜨린 민우의 패기 넘치는 모습에 팀의 패배를 완전히 잊어버리고 있었다.

풀카운트까지 가는 승부 끝에 너무나도 극적으로 만들어진 장면이었기에 더더욱 뇌리에 남는 홈런이었고, 그들의 관심사는 팀의 패배는 뒷전으로 둔 채, 모두 민우가 11경기 연속 홈런 신기록을 달성했다는 것에 집중되어 있었다.

"와! 진짜, 난 강민우가 타이밍을 하나도 맞추지 못하고 카운트가 몰리기에 완전히 퍼펙트당하는 줄 알았는데! 거기서 딱! 하는 순간! 캬아~ 난 진짜 심장이 멎어버리는 줄 알았다니까."

"나도, 나도! 난 타구가 딱 내 쪽으로 향하는 게 보이니까 와! 그 순간에 저건 꼭 잡아야 한다! 평생 가보로 남겨야 한다! 그런 생각이 들더라니까?"

"난 공이 딱 날아오는 순간, 우오~ 저게 도대체 얼마에 팔릴까 하는 생각이 들더라! 근데 폴대에 맞을 줄이야… 아쉬워, 너무 아쉬워~"

손에 낀 글러브를 주물거리며 진한 아쉬움을 표하는 청년의 말에 나란히 걷던 모두의 시선이 그 청년에게로 향했다.

"으이구! 네가 그런 마음을 가지고 있어서 타구가 폴대 맞고 안으로 돌아간 거야."

흑발의 머리를 길게 기른 청년이 장난 섞인 나무라는 말을 뱉자 글러브를 낀 청년이 황당한 표정으로 그 청년을 바라봤다.

"뭐? 야. 삐치지 마 인마. 나처럼 솔직해져야지. 솔직히 너네, 그런 생각 한 번쯤은 해봤잖아. 안 그래?"

그 물음에 아무 말 없이 그들의 대화를 듣고 있던 흑인 청년이 가볍게 고개를 끄덕였다.

"뭐, 틀린 말은 아니잖아. 솔직히 홈런 볼이 나한테 날아와 주길 바라는 게 모두의 마음 아닐까. 생각해 보니 아깝긴 아깝네. 만약에 그 홈런 볼을 잡은 사람이 경매에 붙이면 최소 백만 달러는 넘어갈 텐데 말이야. 만약 다음 경기에서 새로운 기록이 만들어지지 않는다고 하면 마지막 홈런 볼로 남을 테니 더 비싸질 테고."

흑인 청년의 말에 글러브를 낀 청년이 더더욱 아쉽다는 듯,

고개를 푹 숙이다가 돌연 놀란 표정으로 입을 열었다.

"후으으. 그렇게 생각하니까 무지막지하게 아까워지려고 하네. 어? 그러고 보니 다음에 상대해야 할 투수가 누구였지?"

"나도 지금 그 생각하고 찾아봤는데… 하아… 하필이면 콜로라도 로키스 부동의 1선발, 우발도 히메네즈다."

빠르게 스마트폰을 확인하던 흑인 청년의 입에서 나온 히메네즈란 이름에 모두의 얼굴이 급격히 어두워져갔다.

지난 시즌에 린스컴이 있었다면 올 시즌엔 히메네즈가 더 압도적이라고 해도 과언이 아니었다.

지난 경기까지 196이닝을 던지면서 피홈런이 겨우 8개에 불과했고, 피안타율은 겨우 0.209에 불과했다. 여기에 삼진은 무려 186개를 잡은 투수가 바로 히메네즈였다.

그리고 마지막 선발 경기까지 기록한 승수가 무려 18승으로, 이 기록은 콜로라도 로키스 구단 소속 투수로는 한 시즌 최다승 신기록을 세운 것이기도 했다.

그리고 그의 폭풍 질주는 아직도 현재진행형이었다.

그는 이런 맹활약을 바탕으로 올 시즌, 유력한 20승 투수 후보이자 사이 영 상 후보 중 한 명이기도 했다.

"그래도… 퍼펙트게임을 할 뻔한 린스컴도 무너뜨렸는데, 히메네즈한테도 한 방 먹이지 않을까?"

"당연히 마음은 그렇지만… 자, 봐라. 올 시즌 피홈런이 몇 개인지. 참고로 린스컴은 오늘까지 19개야."

흑인 청년이 가볍게 고개를 저으며 들이미는 스마트폰을 바라본 모두의 얼굴은 곧 급격하게 어두워져갔다.

"8개……. 메이저리그가 아니라 몬스터 리그구나. 큰 산 하나 넘었다 생각했는데, 알고 보니 뒷동산이었네."

"하아……."

"토리 감독이 강민우를 라인업에서 제외… 할 리가 없겠지?"

"기록은 맞서서 이겨내야 인정을 받으니까. 그리고 민우가 했던 인터뷰 봤잖아. 강민우는 뺀다고 해도 넣어달라고 할걸?"

조금 전과 달리 분위기가 가라앉으려는 모습을 보이자 흑발 머리 청년이 가볍게 박수를 치며 분위기를 환기시켰다.

짝짝!

"자자! 아직 시작도 안 한 경기를 가지고 무슨 얘기들을 그렇게 하냐. 강민우라면 분명히 해낼 거야. 솔직히 강민우의 11경기 연속 홈런을 예상했던 사람 있어? 없잖아. 그에게는 불가능을 가능으로 만드는 힘이 있다고. 그리고 그 결과는 내일이면 바로 나올 거야. 그러니 이제 그 얘기는 그만하고 오늘은 오늘의 기분을 만끽하자고. 이대로 집에 가긴 섭섭하니까, 축하주나 거하게 마시러 가자!"

"그래그래. 네 말이 맞다. 오늘은 축하주나 마시러 가자."

"축하주 좋지~ 빨리 가자!"

곧 청년들은 걱정은 잠시 뒤로 미뤄둔 채, 시내로 가는 버스에 몸을 실었다.

* * *

착!

착!

민우는 숙소의 침대에 누운 채 공중으로 공을 던졌다 받는 것을 반복하고 있었다.

착!

허공으로 떠올랐던 공을 다시금 손에 쥔 민우는 약간은 지저분한 공을 바라보며 무엇이 그리 좋은지 가볍게 미소를 짓고 있었다.

'11경기 연속 홈런이라니… 내가 진짜로 해냈네.'

린스컴의 퍼펙트피칭을 무너뜨리며 심리적 부담을 털어냈고, 홈런을 만들어내며 기록을 계속 이어나갔다.

홈런이 선언되는 순간, 밤하늘을 밝히는 축하 폭죽쇼는 민우의 가슴을 막고 있던 무언가를 뻥 뚫어주는 듯했다.

홈에서 벌어진 3일 연속 홈런포에 다저스타디움을 가득 메운 관중들이 연신 민우의 이름을 연호했다.

한 달이 채 되지 않았음에도 민우는 어느덧 다저스에서는 없어서는 안 되는 존재가 되어 있었다.

팀 동료들은 끝날 듯 끝나지 않는 민우의 연속 경기 홈런 기록에 이제는 익숙하다는 듯 미소를 지으며, 축하 파티는 기록이 끝난 다음에 하자고 해탈한 눈빛들을 보냈다.

그런 모습들이 민우가 의식하지 못하고 있던 부담감을 오히려 덜어주고 있었다.

그 모습을 다시금 떠올린 민우가 피식 웃어 보였다.

'내가 신경 쓰지 않아도 주변에서 계속 의식하고 신경 쓰는 건 더 불편하니까.'

생각에 잠겨 있던 민우는 홈런을 때린 뒤 떠올랐던, 이제는 어느 정도 예상이 되는 히든 퀘스트 보상을 뒤늦게 확인했다.

[히든 퀘스트—내 앞에서 기록을 논하지 마라 결과.]

—퍼펙트게임을 무산시키며 메이저리그 최초의 기록이자 세계 프로 야구 최초의 기록인 11경기 연속 홈런 기록을 달성했습니다.

—세계 야구의 유구한 역사에서 그 누구도 달성하지 못한 유일무이한 기록을 남겼습니다.

—퀘스트 성공 보상으로 영구적으로 파워 +1, 정확 +10이 상승합니다. 3,000포인트가 지급됩니다.

미소를 띤 채 보상을 쭉 확인하던 민우의 미간이 가볍게 찌푸려졌다.

'음… 뭔가 이상한데?'

민우의 공을 치하하는 듯한 설명을 지나 민우의 시선이 멈춘 곳은 포인트와 능력치 보상 부분이었다.

'9경기 때는 5,000포인트고 10경기 때는 10,000포인트였는데… 오늘은 3,000포인트로 줄었단 말이지. 능력치 보상도 그렇고.'

아주 단순하게 생각하면 5,000 다음이 10,000, 그리고 그 다음은 15,000이라고 추측할 수 있었다.

하지만 9경기, 그리고 10경기 때의 퀘스트 설명을 각각 떠올린 민우는 곧 대충 의문을 해결했다는 듯 고개를 끄덕였다.

'아무래도 9경기 때는 최장거리 기록이 붙어 있었고, 10경기 때는 세계신기록에 인사이드 더 파크 홈런이라는 특이점이 영향을 준거겠지. 그렇게 생각하면 이해가 되긴 하지만… 약간 아쉽긴 하네.'

능력치도 능력치지만 포인트는 많으면 많을수록 좋았다.

그리고 이렇게 대량의 포인트를 얻을 기회는 거의 흔치 않았다.

사실 민우가 포인트 상점을 이용할 때마다 눈독을 들이고 있던 아이템들의 가격은 만만치가 않았기에 눈독만 들일 뿐, 구입하지 못했다.

그런데 연속 경기 홈런 퀘스트 보상으로 지금까지 모인 포인트는 무려 2만 포인트는 거뜬히 넘는 상황이었다.

잠시 고민하던 민우는 결심을 내린 듯 포인트 상점을 열었다.

'그 동안 비싸서 눈독만 들이던 아이템들이 있었지. 이참에 아이템을 싹 업그레이드해 볼까?'

생각과 동시에 민우는 몸을 일으키며 곧장 아이템 상점을 확인했다.

그리고 한 부분에 멈춰 선 민우의 눈과 입이 옆으로 옅게 휘어졌다.

'드디어 너희들을 가질 수가 있겠구나.'

6. 신비한 기운이 흐르는 자단나무 배트—7,000p

—최상품의 천년 묵은 자단나무를 특수 가공 처리하여 만든 배트.

—적당한 무게감에 유연성과 단단함을 겸비해 타격에 상당한 도움을 준다.

—내구성이 몹시 좋아 웬만한 충격으론 파손되지 않는다.

—정확 +5, 파워 +5. 모든 구종 안타 확률 10% 상승.

—확률성 특성의 발동 확률 10% 상승.

12. 금팔찌—9,900p

—24K 순금을 고도의 기술로 제련하여 장식을 넣어 만든 팔찌.

—아주 특이한 기운을 내뿜어 착용하면 온몸이 상쾌해진다.
—모든 능력치 +5, 체력 +40

평소라면 보고서도 침만 삼키며 그냥 지나쳤을 정도로 너무나도 높은 가격이었다.

하지만 린스컴과의 대결 이후, 민우는 다시 한 번 높은 산이 있다는 것을 실감했고 매 경기 최고의 모습을 보이기 위해서라면 하이 싱글A에서 정체되어 있는 아이템을 업그레이드할 필요성을 느끼고 있었다.

당장 내일 상대해야 하는 투수가 히메네즈라는 점을 알고 있었기에 그런 생각은 더욱 굳어졌다.

'잔여 포인트가 23,320포인트. 만병통치약을 살 때 필요한 5,000포인트를 제외하면 가용 포인트가 18,320포인트. 충분해. 이 두 가지 아이템을 사더라도 적당히 남으니까. 그럼 고민할 것도 없지. 사자.'

결정과 함께 민우는 빠르게 두 개의 아이템을 구매했다.

—'신비한 기운이 흐르는 자단나무 배트'를 구매하였습니다.
—7,000포인트가 소모됩니다.
—현재 보유 포인트: 16,320

—'금팔찌'를 구매하였습니다.

—9,900포인트가 소모됩니다.

—현재 보유 포인트 : 6,420

구입을 마치자 곧장 눈앞의 공간이 일렁거리며 붉은 빛깔의 배트 손잡이와 금빛을 내뿜는 아주 얇은 팔찌 하나가 나타났다.

민우는 익숙한 동작으로 두 개의 아이템을 잡아들었고, 일렁이던 공간은 언제 그랬냐는 듯 흔적도 없이 사라졌다.

'거추장스럽지는 않겠지? 뭐, 아이템이 그런 적은 없지만.'

민우는 아주 조금의 우려를 띠고는 먼저 팔찌를 왼 팔목에 끼웠다.

그러자 약간 헐렁한 느낌이던 팔찌는 마치 원래 그 자리에 있었던 것처럼 피부에 딱 맞게 달라붙고는 무언가 알 수 없는 기운을 내뿜기 시작했다.

'호오.'

그리고 그 기운이 온몸으로 퍼지자 민우는 쌓여 있던 피로가 싹 가시는 듯한 기분을 느끼며 자기도 모르게 눈을 감았다.

'이거 돈값은 하는구나.'

잠시 뒤, 감았던 눈을 뜬 민우의 눈빛이 이전보다 더 빛나는 듯 느껴지고 있었다.

민우는 곧 손에 쥔 배트를 가볍게 휘둘러보고는 만족스러운 미소를 지어 보였다.

'비싼 게 괜히 비싼 게 아니었어. 금팔찌도 그렇고, 배트도 그렇고. 이거 느낌만으론 내일도 홈런 하나 날릴 수 있을 것 같은데? 후후.'

민우는 배트를 몇 번 더 휘둘러 본 뒤, 기존에 사용하던 윤기가 흐르는 자작나무 배트와 같은 디자인으로 새로 얻은 신비한 기운이 흐르는 자단나무 배트의 디자인을 바꿨다.

잠깐 하얀빛이 번쩍이고 난 뒤, 양손에 들린 같은 모양의 배트를 확인한 민우가 전혀 구별이 되지 않는 두 개의 배트를 보고는 만족스러운 미소를 지어 보였다.

'이 정도면 충분한 준비가 된 거겠지.'

이제는 히메네즈에 대해 다시금 살펴볼 시간이었다.

혹시나 놓친 것은 없는지, 최근 경기에서의 특이 사항은 없는지…….

11경기 연속 홈런 기록에서 멈추고 싶은 생각은 없었다.

민우는 기록을 넘어 더 먼 곳을 보고 있었다.

'월드 시리즈. 꿈의 무대가 코앞이니까 쓰러지기 전까지 최선을 다해서 달려봐야지.'

잠시 먼 곳을 바라보는 듯하던 민우의 시선이 이내 스카우팅 리포트로 돌아갔다.

제4장

앞으로, 앞으로

민우가 다저스에 합류한 이후 연일 보이는 맹활약은 4위라는 낮은 성적에 완전히 처져 있던 팀 분위기에 상상 이상의 활력을 불어넣고 있었다.

그리고 다저스가 일으킨 파문이 내셔널리그 서부 지구를 요동치게 하고 있었다.

현재 샌디에이고 파드리스는 잠시 주춤한 콜로라도 로키스를 한 게임 차로 밀어내고 다시금 1위를 차지하고 있었다.

그리고 LA다저스는 여전히 4위를 변함없이 고수하고 있었다.

하지만 거의 변동이 없는 순위와 달라진 것은 바로 1위와의 승차였다.

4위인 LA다저스와 1위 샌디에이고 파드리스와의 격차는 이제 겨우 2.5게임에 불과했다.

만약 자이언츠와의 3연전을 스윕했다면 다저스의 순위는 4위가 아니라 공동 3위에 자리했을 것이었다.

얼마 전, LA타임즈의 브라운 기자가 다저스의 리그 우승을 언급했을 때만 하더라도 반신반의하는 이들이 꽤나 많이 존재했었다.

하지만 토리 감독이 민우를 주전으로 기용하기 시작한 이후, 완벽한 상승세로 돌아선 다저스의 모습에 모두가 브라운 기자의 선견지명에 놀라움을 금치 못하고 있었다.

그리고 다저스를 응원하는 모든 이가 새로이 시작되는 내셔널리그 서부 지구 2위 팀, 콜로라도 로키스와의 3연전에서 다저스의 순위가 바뀔 것이라는 기대에 찬 눈빛을 보내고 있었다.

*　　　*　　　*

린스컴에게 퍼펙트게임을 내어줄 뻔했던 것이 바로 어제였지만, 다저스의 팀 분위기는 언제 그랬냐는 듯 완전히 살아나 있었다.

선수들은 훈련 스케줄에 따라 삼삼오오 모여 미소를 지은 채, 왁자지껄한 모습을 보이고 있었다.

따아악!

그리고 그들의 시선은 타구가 내야를 지나 외야를, 그리고 관중석으로 넘어가는 모습을 따라 움직이고 있었고, 그럴 때마다 그들의 입가에 지어진 미소는 더욱 짙어져 갔다.

따아악!

경쾌한 타격음과 함께 또 하나의 타구가 총알 같은 궤적으로 쏘아졌고, 외야에 자리를 잡은 외야수들은 제자리에 편하게 선 채로 배팅케이지에서 다시금 자세를 잡는 민우를 향한 감탄의 시선을 보내고 있었다.

"이야~ 또 넘어갔다. 오늘도 정말 엄청난데. 이거 오늘도 신기록은 거의 확정인 것 같은데?"

오늘은 민우와 다른 조에 배정되어 수비 위치에 서 있던 존슨의 감탄 섞인 목소리에 주변에 있던 이들이 모두 고개를 끄덕거렸다.

"저런 모습이면 아마도? 어제도 대단했지만 오늘은 더 대단하단 말이야. 정말 편안하게 휘두르는데도 홈런 타구가 나오잖아."

포세드닉의 이야기에 바로 옆에 서 있던 기븐스도 동의한다는 듯 고개를 끄덕였다.

"뭐라고 해야 할까. 분위기가 바뀐 것 같다고 해야 하나? 완벽에 더 가까워졌다고 하면 적당하려나? 솔직히 지금의 민우는 메이저리그를 호령하는 그 어떤 타자들과 비교해도 전혀 부족함이 없는 모습처럼 보이니까 말이야. 아무렴 히메네즈라도 민우에게는 안 될 것 같지?"

기븐스의 이야기에 모두의 시선이 다시금 민우에게로 쏠렸다.

따아악!

또 하나의 타구를 멀찍이 날려 보낸 민우는 굉장히 만족스럽다는 듯한 미소를 짓고 있었다.

'아이템의 효과가 상상 이상이야. 평소라면 펜스 앞에서 떨어질 법한 타구도 펜스를 거뜬히 넘어가고 있다.'

민우의 손목에는 있는 듯, 없는 듯 아주 은은하게 반짝거리는 금팔찌가 채워져 있었고, 손에 든 배트는 새것의 그 느낌으로 미미하게 광이 나고 있었다.

입가에 미소를 띤 민우가 다시금 매섭게 배트를 돌렸다.

따아악!

다시 한 번, 하늘 높이 솟아오른 타구가 힘을 잃지 않고 펜스 너머로 뻗어가더니, 관중석까지 넘어 사라져 버렸다.

그리고 다시금 그 타구를 따라 고개를 하늘로, 뒤로 돌렸던 이들이 기븐스의 말에 동의한다는 듯 고개를 끄덕거렸다.

"이의 없음."

"히메네즈가 워낙에 압도적이긴 해도 오늘 민우는 완전 크레이지 모드니까."

따아악!

또 하나의 타구가 외야를 향해 날아가더니 순식간에 펜스를 넘어 사라졌다.

*　　　*　　　*

시즌 막판, 콜로라도 로키스의 분위기는 너무나도 좋았다.

다저스가 자이언츠와 파드리스의 발목을 잡고 늘어지는 동안 홀로 10연승까지 기록하며 폭풍 질주를 기록했다.

그 결과, 잠시지만 내셔널리그 서부 지구 1위 자리를 차지하며 승승장구했고 최근 5경기에서는 2패 뒤, 다시 3연승을 기록하며 2위 자리에 자리를 잡고 있었기 때문이었다.

하지만 그들도 오늘 경기에서는 약간의 기대와 우려가 뒤섞인 얼굴들을 하고 있었다.

그리고 그런 모습은 로키스를 대표하는 두 명의 젊은 강타자도 예외는 아니었다.

"도대체 강민우가 얼마나 대단한 녀석이기에 다 죽어가던 다저스가 미친 듯한 폭발력을 보이는지 정말 궁금했는데, 드디어 우리와 맞붙게 되네."

따아악!

배트를 휘두르며 가볍게 타구를 날려 보낸 뒤, 숨을 고르며 말을 뱉는 이는 콜로라도의 중견수, C. 곤잘레스였다.

그리고 그의 말에 배팅케이지 바로 옆에서 그를 지켜보던 유격수, 툴로위츠키가 피식 웃어 보였다.

"왜? 강민우가 같은 포지션이라 신경 쓰여?"

따아악!

마지막 공을 쳐내고 배팅케이지를 빠져나온 C. 곤잘레스는 툴로위츠키의 말에 가볍게 고개를 끄덕거렸다.

"당연히 신경이 쓰이지. 듣도 보도 못한 놈이 어디서 뚝 떨어지더니 마치 제 집인 것처럼 메이저리그를 휘젓고 다니잖아. 덕분에 내가 올해 이룬 것들을 뿌듯해할 기회도 없이 너무나도 당연한 것이 되어버렸고."

곤잘레스의 말에는 약간의 분함과 같은 감정이 은근하게 느껴지고 있었다.

사실 곤잘레스는 올 시즌, 내셔널리그와 아메리칸리그를 통틀어 가장 출중한 성적을 기록한 중견수로 사람들의 입에 오르내리고 있었다.

'잠재력이 폭발했다.'

'콜로라도의 외야를 10년간 책임져 줄 선수다.'

'10년 내로 300홈런을 달성할 가장 유력한 타자다.'

세간의 이런 평가에 곤잘레스는 자신이 메이저리그에서 완벽하게 자신의 존재 가치를 증명했다고 생각하고 있었다.

타율, 출루율, 장타율, 홈런에 도루까지.

강타자를 상징하는 모든 지표에 빠른 다리까지 자랑하며

양대 리그 중견수 부문 1위 자리를 고수하고 있었다.

그렇게 승승장구하며 올 시즌, 골드 글러브와 실버 슬러거 수상이 가장 유력시 되는 후보이기도 했다.

하지만 9월 들어서 그의 자존감을 떨어뜨리는 존재가 나타났으니, 그가 바로 혜성처럼 어디선가 날아오더니 무려 다저스의 켐프를 밀어내고 주전 중견수 자리를 차지해 버린 루키, 민우였다.

올 시즌이야 9월에 승격하는 바람에 규정 타석조차 채우지 못하는 민우였지만, 다음 시즌에는 어떤 결과를 보일지 충분히 예상이 가능했다.

그리고 그런 생각들이 곤잘레스의 어깨를 무겁게 하고 있었다.

그에게 이제야 올라선 1등이라는 자리는 그만큼 달콤하고 매력적인 것이었다.

같은 리그의 같은 포지션인 민우의 존재는 자연스레 거슬릴 수밖에 없었다.

"올 시즌에 내가 때린 홈런이 32개잖아. 그런데 그 녀석은 9월 한 달 동안만 벌써 12개라고. 12개! 9월 한 달 동안 타율, 출루율, 장타율, 홈런까지 전부 밀리고 있잖아. 내가 녀석에게 앞서는 건 겨우 도루 하나야. 이런데 어떻게 신경을 안 쓰겠어. 그리고 솔직히 신경 쓰이는 건 나뿐만이 아니잖아."

속사포처럼 말을 내뱉던 곤잘레스는 '너도 그렇지?'라는 듯한 눈빛을 보내며 툴로위츠키를 바라봤다.

그러자 툴로위츠키도 피식 웃어 보이며 고개를 끄덕였다.

“아무렴. 어쩌다 보니 월간 MVP의 가장 큰 경쟁자가 되어 버렸으니까.”

툴로위츠키는 그 나름대로 민우를 경쟁자로 인식하고 있었다.

바로 9월 월간 최다 홈런 부문에서였다.

민우가 혜성처럼 나타나 홈런쇼를 보이며 해설자가 월간 최다 홈런을 언급하며 화제가 되었지만, 그 이후 툴로위츠키 역시 미친 듯한 홈런쇼를 선보이며 민우를 바짝 추격하고 있는 상태였다.

현재 민우의 9월 홈런 개수는 12개였고, 툴로위츠키도 열심히 달려온 결과, 11개의 홈런을 기록하고 있었다.

내셔널리그의 9월 월간 최다 홈런 기록인 랄프 카이너의 16홈런까지는 민우가 겨우 4개, 툴로위츠키는 겨우 5개를 남겨두고 있었다.

이제 막 9월의 반이 지나간 상태였기에 새로운 기록이 세워지는 것은 시간문제처럼 보이고 있었다.

자신의 기록에 만족스러운 것이 당연한 것이었지만, 그럼에도 툴로위츠키로서는 메이저리그 풀타임 4년 차인 자신이 이제 갓 데뷔한 루키의 홈런쇼를 쫓아가야 하는 입장이 되어버린 상황이 황당하면서도 우스웠다.

하지만 그러면서도 그의 본능은 지금의 상황이 오히려 재미 있다고 느끼고 있었다.

그에게 경쟁심은 자신을 성장시키는 요소 중 하나였고 민우의 존재로 인해 이만큼의 홈런을 때려내는 데 영향을 받았다고 생각하고 있었기 때문이었다.

잠시 그런 생각을 하던 툴로위츠키가 곧 의미심장한 표정을 지으며 고개를 저었다.

"하지만 오늘로 그 기록도 끝날 거야. 오늘 우리 선발투수는 히메네즈니까. 녀석이 린스컴의 공에 홈런을 때렸다고 해도, 올 시즌엔 린스컴도 히메네즈만큼은 못하니까. 오늘 경기에서 녀석의 연속 경기 홈런 기록을 끝내고, 내가 월간 홈런 1위로 올라간다. 내가 할 일은 그뿐이야."

툴로위츠키의 자신감 넘치는 발언에 곤잘레스도 기분이 조금 풀린다는 듯, 애써 웃어 보였다.

"그렇지. 히메네즈니까 강민우의 돌풍을 잠재우겠지. 오늘 경기를 잡고 다시 1위를 노려보자고. 팀도, 우리도 말이야."

곤잘레스와 툴로위츠키는 두 눈을 마주보며 미소를 짓더니 하이파이브를 하고는 다시금 훈련에 돌입했다.

*　　*　　*

경기 시작 시간이 코앞으로 다가오자 다저스타디움에 드문

드문 보이던 빈자리가 하나둘 채워지기 시작했다.

그리고 10분을 남긴 시작, 마치 당연하다는 듯 56,000석의 관중석이 한 자리의 빈 곳도 없이 가득 들어찼다.

—다저스와 로키스, 로키스와 다저스의 시리즈 1차전 경기가 열리는 이곳은 LA다저스의 홈구장, 다저스타디움입니다. 안녕하십니까.

—네, 안녕하십니까.

—오늘도 정말 많은 관중이 다저스타디움을 찾아오셨는데요. 다저스가 기나긴 원정을 끝내고 홈으로 돌아와 치르는 네 번째 경기인데, 놀라지 마십시오. 4경기 연속 56,000석이 모두 매진이 되었습니다.

—와~ 정말 대단한데요. 그 이유는 단연 이 선수 때문이라고 할 수 있겠죠?

—예. 바로 강민우 선수가 이런 흥행을 일으키는 주인공이라고 할 수 있겠습니다. 바로 어제였는데요. 자이언츠의 선발투수인 린스컴이 8회까지 단 한 타자도 출루를 시키지 않은 채, 메이저리그에서 단 20번밖에 기록되지 않은 퍼펙트게임이라는 대기록을 노리고 있었는데요. 참… 잔인하게도 다저스에는 11경기 연속 홈런 기록을 노리던 선수, 바로 강민우 선수가 있었죠.

—대기록 대 대기록의 대결이었죠? 둘 중 하나는 기록 달성

에 실패해야 하는 상황이었는데요. 그 결과는 바로 오늘, 다저스타디움을 가득 메운 56,000명의 관중이 증명해 주고 있습니다.

—맞습니다. 강민우 선수가 바로 어제, 린스컴의 퍼펙트 피칭을 무너뜨리며 11경기 연속 홈런 기록 달성에 기어코 성공했습니다. 그리고 오늘, 다시 한 번 대기록에 도전합니다. 이미 전대미문의 대기록을 기록하고 있지만, 오늘은 전무후무의 12경기 연속 홈런이라는 새로운 기록에 다시금 도전하기 위해 라인업에 이름을 올렸습니다.

—하지만 오늘 경기에서 상대해야 하는 로키스의 선발투수도 정말 만만치가 않은 선수죠. 바로 로키스 팀 신기록인 18승을 기록한 우발도 히메네즈 선수입니다. 또 한 번 기록 대 기록의 대결이 될지도 모르겠습니다.

—이거 참 정말 기대가 됩니다. 그럼 오늘 경기의 라인업을 살펴보겠습니다.

주심의 경기 개시 선언과 함께 로키스의 선공을 시작으로 경기는 빠르게 진행되기 시작했다.

1회 초, 다저스의 선발인 구로다가 로키스의 테이블 세터를 땅볼과 삼진으로 돌려세우며 가볍게 2아웃을 잡아냈다.

그리고 타석에 로키스의 3번 타자, 곤잘레스가 들어섰다.

단단한 체격에 날카로운 눈빛을 띠던 곤잘레스는 앞선 테이블 세터진과는 달리 구로다의 유인구에 쉽게 배트를 내밀지 않으며, 존에 걸치는 공만을 커트해 내는 모습을 보이고 있었다.

포수인 바라하스와 사인을 교환한 구로다가 가볍게 고개를 끄덕이고는 곧 다시금 강하게 공을 뿌렸다.

슈우욱!

다저스 배터리의 선택은 스트라이크존으로 쭉 뻗어가다 홈플레이트 근처에서 바깥쪽으로 휘어져 나가는 싱커였다.

그리고 공이 제대로 긁힌 듯, 완벽하게 휘어나가는 공과 함께 곤잘레스의 배트가 끌려 나오는 모습에 됐다싶은 순간.

딱!

"파울!"

곤잘레스는 다시 한 번 가볍게 건드려 파울을 만들어내고는 아무렇지 않은 표정으로 장갑의 조임을 다시 확인하고 있었다.

구로다 역시 그 감정이 표정으로 드러나지는 않았지만 1회부터 고전하는 것에 기분이 좋은 투수는 없을 것이었다.

풀카운트 상황에서 또 하나의 파울을 만들어낸 곤잘레스로 인해 구로다의 1회 투구 수는 벌써 15개에 육박해 있었다.

수비를 위해 숙였던 허리를 잠시 편 민우가 제자리에서 가볍게 발을 풀며 내야를 바라봤다.

'실버슬러거 예약이라더니, 저 공도 커트해 내는구나. 확실

히 배트 컨트롤도 뛰어나 보이고. 펀치력도 있다고 했으니, 오늘 경기에서 더욱 신경 써야겠어.'

곤잘레스는 첫 타석부터 자신이 원하는 공을 기다리며 끈질긴 모습을 보이고 있는 것이 그 컨디션이 굉장히 좋아 보였다.

정확성과 펀치력을 겸비한 타자가 컨디션까지 좋은 날에는 다른 날보다 장타에 더욱 조심해야 했기에 민우는 투구 수가 많아지며 풀어지려던 긴장감을 다시금 조였다.

슈우웅!

구로다의 손을 떠난 공은 스플리터인 듯, 스트라이크존에서 아래쪽으로 뚝 떨어져 내렸다.

따악!

하지만 어떤 공이든 상관없다는 듯, 곤잘레스는 가볍게 배트를 돌렸고 경쾌한 타격음과 함께 빠르게 쏘아진 타구가 투수 옆을 스치며 내야를 뚫어버렸다.

아무리 발이 빠르고, 특수한 능력이 있는 민우라도 노 바운드로 잡는 것은 불가능한 타구였다.

한껏 준비를 하고 있던 민우는 자신의 수비 위치로 데굴데굴 굴러오는 타구를 집어 들어 가볍게 2루로 뿌렸다.

2아웃을 잡아놓고, 9구의 긴 승부 끝에 결국 안타를 내어준 것은 선발투수인 구로다에게는 꽤나 아쉬운 결과였다.

그리고 다음 타자는 로키스의 리더이자 4번 타자인 툴로위츠키였다.

다저스에서 민우가 혜성처럼 나타나 9월 돌풍을 일으켰다면 로키스에는 팀의 기둥이자 간판타자인 툴로위츠키가 있었다.

9월이 이제 막 반을 지나간 상황에서 벌써 11홈런을 때리고 있는 툴로위츠키는 다저스가 3연전에서 가장 조심해야 하는 상대였다.

곤잘레스와 툴로위츠키, 그리고 이제는 완연한 하락세를 보이고 있는 왕년의 강타자, 헬튼까지. 로키스의 3, 4, 5번 타자는 과거와 현재, 그리고 미래가 조화를 이루며 쉬이 방심할 수 없는 존재감을 뽐내고 있었다.

곧, 4번 타자인 툴로위츠키가 매섭게 눈을 빛내며 타석에 자리를 잡으며 경기가 재개되었다.

구로다가 생각보다 투구 수를 많이 소모한 상태였기에 포수인 바라하스는 빠르게 손을 놀렸다.

그리고 그 사인에 이의 없다는 듯 고개를 가볍게 끄덕인 구로다가 글러브를 들어 올리며 어깨 너머로 1루에 견제의 시선을 보냈다.

잠시 뒤, 구로다가 세트 포지션에서 강하게 공을 뿌렸다.

슈우욱!

96마일짜리의 빠른 포심 패스트볼이 툴로위츠키의 몸 쪽 방향에서 가장 먼 곳을 향해 대각선을 그리며 쏘아졌다.

그리고 스트라이크존을 스치듯 지나가는 유혹적인 공에 툴로위츠키의 배트가 너무나도 매섭게 돌아갔다.

따아아악!

1회 초부터 그라운드를 울리는 불길한 느낌의 타격음에 다저스타디움은 일순 정적에 휩싸였다.

다저스타디움을 가득 메운 관중들은 입을 벌린 채, 타구를 따라 우측 하늘로 고개를 들었다.

민우 역시 타격음이 들리는 순간, 허리를 편 채 설마 하는 표정으로 하늘 높이 떠오른 타구를 바라봤다.

하지만 그 표정은 그리 좋지 못했다.

'후, 넘어갔네. 넘어갔어.'

그런 민우의 표정이 말해주듯, 타구를 쫓아 몇 걸음을 달려가던 이디어가 곧 자리에 멈춰 서는 모습에서 홈런임을 추측할 수 있었고, 타구가 펜스를 넘어 관중들의 사이로 사라지는 모습에 홈런은 결국 현실이 되었다.

"나이스!! 툴로위츠키!"

"벌써 12개째야! 으하하!"

"전설이 코앞이라고!"

다저스타디움에 머나먼 원정길을 찾아온 로키스의 열혈 팬들이 드문드문 소리를 지르며 그 정적을 깨뜨리면서 넋이 나가 있던 다저스의 팬들을 다시금 현실로 불러들였다.

홈 플레이트 앞에서 선행 주자였던 곤잘레스가 그 뒤를 이어 홈 플레이트를 밟는 툴로위츠키와 하이파이브를 하며 환한 미소를 짓는 모습이 보였다.

—우측 펜스를 넘어가는 큼지막한 홈런이 나왔습니다! 툴로위츠키의 선제 투런 홈런! 구로다의 초구를 기다렸다는 듯이 받아치며 홈런을 만들어냈습니다. 이 홈런으로 로키스가 1회 초부터 0 대 2로 먼저 앞서나갑니다.

—툴로위츠키 개인으로서는 9월 한 달 동안만 벌써 12개의 홈런을 때려내며 개인 최고 기록을 수립합니다. 동시에 다저스의 강민우 선수와 동률을 이루게 되었습니다. 이렇게 되면 강민우 선수는 첫 타석부터 어깨가 무겁겠네요.

잠시 기운이 빠진 듯 앓는 소리를 내던 관중들은 이제 겨우 1회라는 점을 상기하며 다시금 응원의 목소리를 높이기 시작했다.

그리고 그 응원에 힘을 얻은 것처럼, 구로다는 로키스의 5번, 헬튼을 공 4개 만에 삼진으로 돌려세우며 총 투구 수 21개로 이닝을 마무리 지을 수 있었다.

각자의 위치를 지키고 있던 다저스의 선수들이 그라운드를 빠져나가고, 로키스의 선수들이 그 자리를 차지하며 다저스의 공격이 시작되었다.

하지만 5분이 채 지나지 않아 다저스의 공격은 허무하게 끝이 나고 말았다.

슈우욱!

팡!

"스트라이크 아웃!"

"아웃!"

슈우욱!

팡!

"스트라이크 아웃!"

테이블 세터를 돌려세운 데에 이어 이디어의 배트를 헛돌게 만들며 삼진을 뽑아낸 히메네즈가 가볍게 주먹을 쥐어 보이고는 천천히 마운드를 내려가고 있었다.

삼진 2개와 유격수 땅볼 하나.

히메네즈는 자신의 성적이 이유 없이 만들어진 것이 아니라는 듯, 1회 말부터 패기 넘치는 투구로 다저스의 공격을 가볍게 돌려세웠다.

다저스에서 그나마 꾸준한 모습을 보이는 이디어를 가볍게 삼진으로 돌려세우는 히메네즈의 구위는 굉장히 위력적이었다.

그리고 그 모습은 2회 말에도 이어지고 있었다.

슈우욱!

팡!

"스트라이크!"

전광판에 찍힌 구속은 정확히 100마일(161㎞)이었다.

배트를 내밀지도 못한 채, 히메네즈의 공을 흘려보낸 다저스의 4번 타자, 로니가 고개를 절레절레 흔들고 있었다.

대기 타석에서 둘의 대결을 지켜보던 민우 역시 히메네즈의 투심 패스트볼이 꿈틀거림과 동시에 미트에 꽂히며 내뱉는 둔탁한 울림에 더욱 표정을 굳혔다.

'괜히 로키스의 최고 투수가 아니라 이 말이지.'

저 정도로 평균 이상의 구위를 가진 투수가 아니고서야 쿠어스 필드에서 살아남기는 힘든 것이 사실이었다.

히메네즈는 투수들의 무덤이라 불리는 쿠어스 필드를 홈구장으로 사용하면서도 18승에 2.75라는 방어율을 기록했고, 피홈런이 겨우 한 자릿수인 8개에 불과했는데, 이런 기록은 정말 굉장한 의미가 있었다.

평범한 구장에서 펜스 앞에서 잡힐 타구가 쿠어스 필드에서는 펜스를 넘어가 홈런이 되는 경우가 비일비재했다.

만약 히메네즈가 쿠어스 필드가 아닌 메이저리그의 평균적인 수준의 구장을 사용했다면 이미 20승을 달성하고, 방어율과 피홈런은 더욱 낮아졌을지도 모르는 일이었다.

올 시즌, 히메네즈는 가히 리그를 지배하고 있다고 해도 과언이 아니었다.

그리고 그를 쿠어스 필드에서 살아남게 했던 가장 큰 무기는 바로 최고 구속 100마일에 육박하면서 위력적인 무브먼트를 보이는 투심 패스트볼이었다.

같은 100마일이라도 큰 변화를 일으키지 않는 포심 패스트볼에 비해 투심 패스트볼은 제구하기에 따라 급격한 변화가 일어나면서도 포심 패스트볼과 같이 묵직했기 때문에 타자들이 배트의 중심에 맞추기가 상당히 힘들었다.

여기서 끝이었다면 히메네즈는 그저 그런 투수가 됐을 것이다.

하지만 그에게는 그 위력을 더욱 뒷받침해 주는 세컨 피치와 서드 피치가 있었다.

공이 좀 느리다 싶은 투수들의 패스트볼 구속인 90마일짜리 체인지업에 88마일에 육박하는 뚝 떨어지는 슬라이더. 여기에 더해 78마일짜리 커브까지 구사하고 있었다.

100마일과 78마일. 두 구속의 간극인 22마일은 0.5초 이내로 배트를 내밀지 말지를 결정해야 하는 타자들에게 0.1초를 빼앗아가는 엄청난 위력을 보이며 히메네즈의 투구를 더욱 수월하게 하고 있었다.

그리고 지금도 100마일짜리 투심 패스트볼에 이어 78마일짜리 커브를 구사하며 로니의 타이밍을 완전히 빼앗는 모습을 보여주고 있었다.

슈우욱!

틱!

홈 플레이트의 한참 앞쪽에서 배트 끝으로 공을 겨우 건드리며 삼진을 면한 로니였지만, 힘없이 굴러간 타구는 투수의 글러브로 가볍게 안착했고, 곧 1루로 뿌려졌다.

"아웃!"

카운트가 몰린 상황에서 이미 배트를 내밀고 만 로니의 어쩔 수 없는 선택이었다. 하지만 그 결과는 결국은 아웃으로 나오고 말았다.

동시에 전광판의 아웃 카운트가 하나 올라가며 모두에게 1아웃이 되었음을 알렸다.

1루를 향해 몇 걸음을 떼지도 못한 채, 로니가 쓸쓸히 더그아웃으로 몸을 돌렸고, 그 모습에 민우가 배트 링을 빼고는 천천히 대기 타석을 벗어나기 시작했다.

그러자 관중석에서 언제 시무룩했냐는 듯, 힘찬 응원이 쏟아지기 시작했다.

"킹 캉! 킹 캉!"

"오늘도 부숴 버려!"

다저스타디움이 진동하는 듯한 우레와 같은 함성 속에 담긴 기운을 온몸으로 받으며 민우가 천천히 배터 박스에 들어서서 바닥을 고르며 마운드를 바라봤다.

'확실히 느낌이 다르네. 어디 한번 붙어보자고.'

마운드 위에 선 히메네즈는 민우를 지그시 내려다보고 있었다.

민우는 히메네즈의 그 길쭉한 손발이 공의 위력을 더욱 배가시켜 주고 있다는 생각이 들었다.

"네가 그 유명한 슈퍼 루키구나. 몸은 뭐, 그냥 평범한데 얼굴은 좀 반반하네. 여자 친구는 있어?"

히메네즈를 살피던 민우는 뒤쪽에서 들려오는 시답잖은 농담에 고개를 돌렸다.

목소리가 난 곳에는 로키스의 포수, 올리보가 피식거리며 농을 던지고 있었다.

잠시 그 모습을 무표정한 얼굴로 바라보던 민우가 이내 그를 무시한 채 다시 고개를 돌렸다.

그러자 올리보가 얼굴에서 웃음기를 지우더니 민우를 지그시 노려봤다.

그러고는 빠르게 히메네즈에게 사인을 보내기 시작했다.

곧, 사인을 받은 히메네즈가 와인드업 자세를 취하는 모습에 민우도 자세를 가볍게 숙이며 스타트를 끊을 준비를 마쳤다.

슈우욱!

히메네즈의 손에서 매섭게 쏘아진 공이 앞을 가로막는 모든 것을 다 뚫어버릴 기세로 날아오기 시작했다.

그와 동시에 스트라이드를 강하게 내디딘 민우의 배트가 매섭게 돌아 나왔다.

'역시!'

민우의 표정에 확신이 드러나는 순간.

따아악!

홈 플레이트 바로 앞에서 배트와 공이 맞부딪히며 우렁찬 타격음을 내뱉었다.

민우는 스윙 이후, 배트를 완전히 뒤로 넘기면서 타구에 힘을 끝까지 실어냈고, 큼지막한 포물선을 그리며 센터필드로 향하는 타구를 잠시 바라봤다.

'넘어… 가겠지?'

구종의 판단은 정확했다.

하지만 그 공의 위력과 무브먼트는 민우의 생각보다 더욱 뛰어났다.

배트를 타고 전해지는 진동이 손에 약간의 울림을 만들고 있었다.

배트의 스위트스폿에 완벽하게 맞지 않았다는 증거였다.

하지만 그 타구가 펜스를 넘어가는 데에는 부족하지 않은 궤적을 그리고 있었다.

그럼에도 혹시나 하는 마음에 민우는 배트를 옆으로 가볍게 던지고는 빠르게 달리기 시작했다.

—쳤습니다! 초구부터 배트를 매섭게 돌린 강민우 선수! 타구는 센터 방면으로 쭉쭉 뻗어 날아갑니다! 이 타구! 큰데요! 계속해서 날아가는 타구!!

히메네즈는 100마일을 던질 줄 아는 투수였기에 초구부터 강하게 나오리라 예상했다.

그리고 민우가 그 공을 예상했다는 듯 받아치자 다저스타디움을 가득 메운 모두가 자리에서 벌떡 일어나 환호성을 질렀다.

그들은 당연히 넘어갈 것이라고 생각하는 듯, 기대에 찬 눈빛으로 타구를 바라보고 있었다.

그런데 그때 외야로 뻗어나가는 공을 쫓아 달리는 한 선수의 모습이 보였다.

—중견수 곤잘레스가 빠르게 몸을 돌려 타구를 쫓아갑니다!

타다닷!

타구의 방향을 확인함과 동시에 방향을 잡은 곤잘레스의 움직임에는 거침이 없었다.

몹시 빠른 스퍼트를 보이며 펜스 방향으로 빠르게 달리기 시작한 곤잘레스는 몸을 가볍게 좌우로 틀면서 타구의 위치를 계속해서 확인했다.

그렇게 속도를 조절하며 워닝 트랙에 들어선 곤잘레스가 펜스의 위치를 확인하고는 보폭을 좁히다가 펜스를 향해 힘껏 몸을 날렸다.

탓!

모두가 곤잘레스의 움직임에 집중하는 순간.

팍!

체공을 끝내고 펜스 위를 넘어가려던 타구는 그 앞을 가로막는 글러브를 뚫지 못한 채, 더 이상 뻗어갈 수 없었다.

곧, 곤잘레스가 그라운드로 내려서 여유로운 미소를 보이며 글러브에서 공을 꺼내 들었다.

그리고 그런 곤잘레스의 뒤쪽으로 머리를 부여잡은 채, 허망한 표정을 짓고 있는 수많은 이의 모습이 잡히고 있었다.

—타구는 펜스를!! 펜스에서! 언빌리버블! 펜스를 넘어갈 뻔한 타구를 가볍게 훔쳐 버리는 곤잘레스! 곤잘레스가 하늘로 쭉 뻗은 글러브에 강민우의 타구가 아슬아슬하게 걸리고 맙니다! 정말 환상적인 점핑 캐치가 나왔습니다!!

—이야~ 곤잘레스가 이 타구를 기어코 잡아내는군요. 메이저리그의 수비는 바로 이런 것이라는 걸 보여주는 정말 그림 같은 수비였습니다. 타구 판단도 좋았고 점프 타이밍도 정말 좋았습니다. 곤잘레스가 올 시즌에만 벌써 몇 개째 홈런을 훔치는 것인지 모르겠네요. 정말 대단한 수비력을 보여주는 선수입니다.

—충분히 넘어갈 수 있었던 타구였기에 12경기 연속 홈런 신기록이 다시 한 번 세워지는가 싶었는데… 이야~ 넘어가는

타구를 곤잘레스가 그대로 걷어내며 강민우의 대기록을 그대로 걷어내 버립니다.

곤잘레스의 호수비로 인해 전광판의 점수가 아닌 아웃 카운트가 올라갔다.

마치 믿을 수 없는 모습이라도 본 듯, 다저스타디움에는 일순간 팬들의 탄식의 소리가 사방에서 쏟아져 나오기 시작했다.

"우우우……."

"이럴 수가……."

"저걸 잡다니……."

모두가 절망스러운 표정으로 곤잘레스를 바라보고 있을 때, 민우 역시 1루를 돌아 2루로 향하며 그 모든 과정을 지켜보고 있었다.

민우는 사방에서 들려오는 낮은 탄식을 들으며 이내 천천히 걸음을 늦춰갔다.

그런 민우의 입가에는 허탈한 미소가 지어져 있었다.

'달려가는 걸 보고 설마 했는데… 걷어낼 줄이야. 하하.'

손맛이 완벽하지 않기는 했다.

하지만 능력치와 아이템이 그 타이밍과 정확도의 어긋남을 상쇄시켜 주었고, 충분히 넘어가리라 생각되는 타구였다.

스스로의 판단으로도 약간은 부족하더라도 홈런이라고 생

각했고, 천천히 떨어져 내리는 타구의 궤적을 봐도 분명한 홈런 타구였다.

곤잘레스가 펜스 위로 몸을 날리기 전까지는 말이다.

순간 민우와 곤잘레스의 두 눈이 허공에서 맞부딪혔다.

그러자 곤잘레스는 민우를 향해 마치 '넌 오늘 절대 홈런을 칠 수 없을 거야'라는 의미인 듯, 강렬한 눈빛을 보내며 미소를 보이고 있었다.

그 모습에 민우는 피식 웃고 말았다.

'이거 참… 하는 입장은 좋지만, 당하는 입장은 어색하네. 저런 도발이라니…….'

잠시 곤잘레스를 바라보던 민우가 천천히 몸을 돌려 더그아웃으로 천천히 뛰어가기 시작했다.

그런 민우의 머릿속은 빠르게 돌아가고 있었다.

'뭐, 대충 알고는 있었지만 직접 보니 역시네. 저 녀석의 호수비가 히메네즈가 선전하는 이유 중 하나였구나.'

민우가 살펴본 자료에 의하면 히메네즈는 전형적인 땅볼 유도형 투수였다.

하지만 해를 거듭하면서 땅볼과 볼넷 비율이 줄어드는 대신 플라이 볼과 삼진 개수가 늘어나고 있었다.

그 말은 외야로 뻗어나가는 타구가 많아졌고, 그만큼 펜스를 넘어가는 타구도 늘어난다는 소리였다.

하지만 올 시즌, 히메네즈의 피홈런 개수는 8개에 불과했다.

쿠어스 필드를 홈구장으로 사용한다는 것이 전혀 믿기지 않을 정도의 기록이었는데, 그런 결과는 혼자서 이루어낸 것이 아니었다.

'저 녀석이 있었기 때문이지.'

올 시즌, 강력한 골드 글러브 후보인 곤잘레스의 존재가 민우의 어렴풋한 추측을 확신으로 바꿔주고 있었다.

'히메네즈도 대단하지만, 확실히 수비도 좋네. 유격수엔 툴로위츠키가 있고, 중견수는 저 녀석이 맡고 있으니까. 센터 라인이 든든한 것이 호성적의 비결이겠지.'

곤잘레스에 대한 생각은 곧 로키스가 괜히 선전하는 것이 아니라는 생각까지 이어졌다.

하지만 이내 가볍게 고개를 저은 민우가 더그아웃의 난간에 몸을 걸치며 미소를 지었다.

'그렇다고 벌써부터 좌절할 필요는 없겠지. 이제 겨우 첫 타석일 뿐이니까.'

잠시 생각에 잠겨 있던 민우는 6번 타자인 블레이크가 헛스윙 삼진으로 돌아서자 곧장 글러브를 챙겨들고 빠르게 수비 위치로 달려갔다.

3회 초.

구로다는 투수인 히메네즈에게 가볍게 삼구삼진을 뽑아내며 투구 수를 절약했다.

타순이 한 바퀴를 돌아 다시금 1번 타자인 바메스의 타석이 돌아왔다.

슈우욱!

따악!

바메스는 구로다의 2구째 포심 패스트볼을 가볍게 건드려 1루와 2루 사이를 꿰뚫는 깔끔한 안타를 만들어내며 1루를 밟았다.

그 모습에 민우가 글러브를 매만지며 아쉬움을 드러냈다.

바메스는 시즌 타율이 0.232에 불과했고 배트 스피드도 리그 평균 이하였다.

그래서인지 그가 구로다의 공을 가볍게 밀어 치며 안타를 만들어냈다는 것이 조금 아쉬우면서도 찜찜했다.

'이거 느낌이 싸~ 한데?'

1사 1루. 병살타가 나오지 않는 한 3번 타자인 곤잘레스의 타석이 돌아오게 되어 있었다.

슈우욱!

팡!

"스트라이크 아웃!"

구로다는 그런 민우의 생각을 읽은 것처럼, 2번 타자인 스필버그를 5구 만에 삼진으로 돌려세우며 아웃 카운트를 2개로 늘리며 자신의 건재함을 알렸다.

그리고 타석에는 지난 이닝, 민우의 홈런성 타구를 걷어낸 곤잘레스가 들어서고 있었다.

열심히 배터 박스의 바닥면을 발로 비비고 파고 고르는 곤잘레스의 모습은 큰 것 한 방을 날리기 위한 준비 자세처럼 보이고 있었다.

민우는 곤잘레스의 움직임 하나하나를 유심히 바라보며 집중력을 끌어 올렸다.

'날리더라도 제발 센터필드로 날려라. 그래야 나도 복수를 해주니까.'

글러브를 가볍게 만지작거리던 민우는 투타 양쪽이 모두 준비를 끝낸 모습에 가볍게 발을 풀고는 허리를 숙였다.

슈우욱!

팡!

"스트라이크!"

구로다와 바라하스는 투구 수를 신경 쓰는 것인지 초구부터 과감하게 스트라이크에 꽂아 넣는 모습이었다.

하지만 곤잘레스는 자신이 생각한 공이 아니라는 듯, 가볍게 발을 풀고는 다시금 타석에 자리를 잡았다.

이어 2구는 슬라이더가 볼로, 3구는 몸 쪽에서 스트라이크 존으로 휘어지는 싱커를 파울로 걷어내며 스트라이크 카운트가 올라갔다.

1볼 2스트라이크 상황.

바라하스의 사인을 받은 구로다가 가볍게 고개를 끄덕이고는 어깨너머로 1루에 견제의 시선을 보낸 뒤, 세트 포지션으로 빠르게 공을 뿌렸다.

슈우욱!

구로다의 손을 떠난 공이 스트라이크존의 가운데를 향해 쏘아졌다.

동시에 곤잘레스도 허리에 발동을 걸며 배트를 돌리기 시작했다.

패스트볼처럼 올곧게 날아가던 공이 급격히 하강을 시작하자, 마치 예상했다는 듯 곤잘레스의 배트가 공의 궤적을 따라 아래로 내려가며 기어코 그 공을 퍼 올리며 깨끗한 타격음을 내뱉었다.

따아악!

다저스타디움의 모든 이들이 귓가를 울리는 소리와 함께 하늘 높이 솟아오른 타구를 믿을 수 없다는 표정으로 바라보기 시작했다.

2아웃 상황이었기에 1루 주자는 곧장 스타트를 끊었고, 타자인 곤잘레스는 잠시 제자리에 선 채로 타구의 방향을 확인했다.

'이건 확실히 넘어갔어!'

자신의 타구가 넘어간 것을 확신하는 듯, 의미심장한 표정을 지어 보인 곤잘레스가 천천히 걸음을 떼기 시작했다.

—제4구! 쳤습니다! 낮게 떨어지는 공을 그대로 퍼 올리는 곤잘레스! 큽니다! 타구는 빠르게 내야를 넘어 우중간 방면으로 날아갑니다!

곤잘레스의 타구는 큼지막한 포물선을 그리며 센터필드를 비스듬히 가로지르고 있었다.

그리고 다저스의 중견수, 민우가 그 타구를 쫓아 매섭게 발을 놀리고 있었다.

타다다닷!

타구의 궤적을 보여주는 라인은 펜스 위로 1미터를 넘어가고 있었다.

라인의 색깔은 아주 진한 붉은색을 띠고 있었다.

쉽게 잡을 수 없는 타구라는 의미였지만 빠르게 필드를 가르며 달려가는 민우의 얼굴엔 걱정의 기색 같은 것은 보이지 않았다.

'타이밍만 정확히 맞추면 충분히 잡을 수 있어.'

워낙에 높은 타구였기에 정확한 타이밍에 점프를 하지 못하면 민우의 글러브가 허공을 가를 확률이 높았다.

힐끔거리며 타구의 위치를 확인하던 민우는 워닝 트랙 근처에서 서서히 속도를 줄이기 시작했다.

그리고 타구가 펜스 부근에 거의 도달한 순간.

타탓!

펜스를 구름판 삼아 발을 디딘 민우가 공중으로 힘껏 몸을 날렸다.

우중간 방면 관중석에 앉아 있던 이들은 펜스 아래에서 갑자기 솟아오르는 민우의 모습에 놀란 듯 입을 쩍 벌렸고, 허공에 떠올랐던 민우가 펜스 아래로 다시 사라지는 모습에서는 잠시 멍한 표정을 지어 보였다.

하지만 이윽고 민우와 함께 타구가 사라졌다는 것에 설마 하는 표정을 짓다가 주변에서 쏟아지는 함성 소리에 곧 환한 미소를 지으며 목청껏 소리를 질렀다.

"우오오오오!!"

"잡았어!!!"

"완전 대박!!"

—펜스!! 펜스를 타고 올라서! 와우! 믿을 수가 없습니다! 완전히 넘어가는 타구를 강민우가 마치 날개가 달린 듯 날아올라서 기어코 잡아냅니다!!

—저 위풍당당한 표정을 보십시오! 마치 직전 이닝에서 자신의 홈런을 훔친 곤잘레스에게 '너도 하냐? 그럼 나도 한다!'라고 시위라도 하는 것이 아닌가 싶은, 정말 멋진 캐치가 나왔습니다! 하하! 오늘 경기 참 알 수가 없네요! 강민우의 호수비로 인해 로키스의 공격은 득점 없이 끝이 납니다! 경기는 3회 말, 다저스의 공격으로 이어집니다!

잠시 펜스에 등을 기대고 있던 민우는 백업을 위해 달려왔던 이디어에게 공을 던져주며 환한 미소를 보였다.

민우가 건네주는 공을 가볍게 잡은 이디어가 민우의 어깨에 팔을 두르며 이를 드러내고 크게 웃어 보였다.

"크하하! 이런 발칙한 녀석. 곤잘레스 녀석에게 제대로 한 방 먹이는구나."

"뭐, 저는 제가 해야 할 일을 했을 뿐이죠. 여기서 더 실점하면 위험하잖아요."

민우의 별것 아니라는 듯한 대답에 이디어가 피식 웃으며 내야 방향을 가리켰다.

"아이고. 그렇게 대답할 줄 알았다, 이 재미없는 녀석아. 그래. 의도했든 아니든 결과가 좋으면 된 거지. 저기 서 있는 곤잘레스의 저 얼빠진 표정 좀 봐라. 내가 속이 다 시원하네. 흐흐."

이디어가 가리키는 방향을 따라 고개를 돌린 민우는 황당한 심정을 그대로 드러내는 곤잘레스의 떨떠름한 표정에 피식 웃어 보였다.

'얼마든지 훔쳐봐라. 센터필드로 날아오는 타구는 모조리 잡아줄 테니까.'

민우가 그런 생각을 하는 순간, 곤잘레스의 시선과 민우의 시선이 허공에서 마주쳤다.

그러자 곤잘레스는 순식간에 표정을 굳히더니 홱 하고 몸을 돌려 버렸다.

그 모습에 민우와 이디어는 서로를 마주 보고는 '풉' 하고 웃음을 터뜨리며 빠르게 더그아웃으로 향했다.

구로다는 1회, 불의의 홈런으로 2점을 내준 것을 제외하고는 5회까지 더 이상의 추가 실점 없이 호투를 보이고 있었다.

특히 3회 초에 나온 민우의 슈퍼 캐치는 2점을 낸 것이나 마찬가지였기에 다저스의 선수들도 점수를 내기 위해 혼신의 힘을 다하고 있었다.

하지만 모든 일이 마음대로 되지 않는 것은 불변의 진리였고, 다저스는 4회 말까지 득점은커녕 히메네즈의 투구에 완전히 압도당하며 단 한 명도 1루 베이스를 밟지 못하고 있었다.

그리고 그런 결과는 자연스레 선수들에게 전날의 좋지 않은 기억을 떠올리게 하고 있었다.

2게임 연속 퍼펙트게임에 준하는 무기력한 타석이 계속되는 것은 살아나던 팀 분위기에 찬물을 끼얹는 것이나 마찬가지였다.

그리고 5회 말, 다시금 다저스의 공격 기회가 돌아왔다.

선두 타자로 나선 타자는 4번 타자인 로니였다.

5번 타자인 민우는 대기 타석에서 히메네즈와 로니의 대결을 유심히 바라보고 있었다.

로니는 더그아웃을 나설 때부터 심기일전한 표정을 짓고 있었지만, 그가 더그아웃으로 다시 돌아오는 데에는 1분이 채 걸리지 않았다.

슈우욱!

히메네즈의 손에서 뿌려진 공에 배트를 내민 로니의 얼굴엔 낭패한 기색이 역력했다.

틱!

타이밍이 완전히 어긋난 듯, 가볍게 튕긴 타구가 안착한 곳은 히메네즈가 가볍게 내리고 있는 글러브였다.

히메네즈는 공을 쥔 글러브를 가볍게 들여다보고는 아주 천천히, 느릿느릿한 동작으로 1루를 향해 토스하듯 공을 던졌다.

"아웃!"

그 느린 동작에 1루까지 최선을 다해서 달린 로니는 힘만 뺀 격이 되어버리고 말았다.

두 타석 연속 투수 앞 땅볼이라는 무기력한 결과였다.

더그아웃으로 돌아서는 로니의 얼굴은 버려진 신문지처럼 와락 구겨져 있었다.

"젠장. 패스트볼이라고 생각하면 체인지업이고, 체인지업이라고 생각하면 슬라이더고. 마치 내 속마음을 읽고 있는 것 같단 말이야. 그렇다고 공이 몰리는 것도 아니고. 후우. 이걸 도대체 어떻게 치라는 거야. 아오!"

민우는 더그아웃으로 돌아가며 분한 목소리로 혼잣말을 내뱉는 로니를 힐끔 쳐다봤다.

이틀 연속 너무나도 무기력한 타선이었다.

로니의 분노한 모습은 팀의 중심이라고 할 수 있는 4번 타자를 맡은 입장에서 충분히 보일 수 있을 법한 감정이었다.

민우는 로니의 그런 감정이 충분히 이해가 되었다.

'이번 타석에서 한 방 때릴 수 있으면 좋겠는데… 히메네즈 녀석도 대단하단 말이지, 어째 실투 하나가 없네.'

히메네즈의 22마일에 달하는 구종 간의 구속 차이는 특별한 능력을 가진 민우로서도 대처하는 것이 꽤나 어려웠다.

'이런 페이스라면 오늘도 끽해야 3타석에 들어서는 것이 전부일 텐데… 자꾸 초감각 스킬이랑 악바리 특성이 떠오르네. 의지하면 안 되는데.'

초감각은 제한 사항 때문에 당장은 사용할 수도 없는 스킬이었고, 악바리 특성은 히메네즈의 제구가 흔들리지 않는 한 절대로 발동이 될 일이 없는 특성이었다.

경험으로 초감각과 악바리의 확실한 효과를 몸소 체감한 민우였기에 아쉬운 상황에서 이런 생각이 자연스레 떠오른 것이었다.

하지만 단발성 스킬에 의지해서는 아무것도 할 수 없다는 것 역시 머리로 알고 있었기에 민우는 가볍게 고개를 흔들고는 굳은 표정을 지으며 빠르게 타석으로 향했다.

'어떻게든 해보자고.'

민우가 타석으로 들어서자 로키스의 포수, 올리보가 다시금 무어라 말을 걸어왔다.

민우는 순간, 악바리 특성을 떠올리고는 올리보를 도발해 볼까 하는 생각을 했지만 이내 고개를 저었다.

'이 녀석을 도발해 봤자 잘 던지고 있는 투수에게 사구를 던지라고 요구할 리가 없겠지.'

민우의 호수비로 가져온 분위기는 무기력한 타선으로 인해 다시금 로키스로 조금씩 넘어가고 있었다.

이런 상황에서 굳이 타자를 맞출 이유가 없었다.

생각을 마친 민우는 굳이 올리보의 말에 대응하지 않고 그저 한 귀로 흘려버린 뒤, 마운드 위의 히메네즈만을 바라봤다.

민우가 자신의 말을 완전히 무시하자 또다시 입가에 미소를 지운 올리보가 굳은 표정으로 사인을 보낸 뒤, 민우를 지그시 노려봤다.

'건방진 녀석. 히메네즈가 퍼펙트 피칭을 이어가지만 않았다면 네놈을 한 방 맞췄을 텐데. 운 좋은 줄 알아라.'

사실, 올리보는 호전적인 성격으로 팀 동료들과도 주먹다짐을 한 적이 있을 정도로 악명이 높은 성격을 소유한 선수였다.

그렇기에 자신의 말을 두 번 연속으로 무시하는 민우의 이미지는 어느새 '건방진 루키 녀석'으로 굳어졌다.

사실 포수인 자신이 요구하면 얼마든지 민우의 기록을 중단시킬 방법은 여러 가지가 있었다.

하지만 히메네즈는 자존심이 꽤나 강한 선수였기에 볼넷이나 사구 요구를 쉬이 받아들일 리가 없다는 생각에 아쉬움이 있을 뿐이었다.

곧, 히메네즈가 공을 뿌리기 시작했다.

슈우욱!

팡!

"스트라이크!"

"볼!"

"볼!"

"파울!"

"파울!"

히메네즈의 공은 여전히 위력적이었다.

민우는 신중에 신중을 기하며 대응하고 있었지만, 계속해서 파울이 나오며 순식간에 카운트가 몰려 있었다.

스트라이크존의 구석구석을 찌르는 그 신묘한 제구에 민우와 히메네즈의 대결을 지켜보는 모든 이가 침을 꿀꺽 삼키고 있었다.

잠시 숨을 고른 히메네즈가 다시 한 번 공을 뿌렸다.

슈우욱!

동시에 민우의 배트가 매섭게 돌아 나왔고, 순간적으로 크게 떨어져 내리는 공에 민우의 무릎이 급하게 굽혀졌다.

"큭."

딱!

텅!

"파울!"

타이밍이 완전히 어긋난 듯, 심하게 당겨 친 타구는 파울라인 바깥으로 빠르게 쏘아졌다.

동시에 잡아내겠다는 듯 몸을 날린 1루수 헬튼의 글러브를 아슬아슬하게 피한 타구가 곧 우측 내야 펜스를 강하게 강타했다.

'어휴. 진짜 다들 날 막겠다고 작정을 한 건가. 나이도 많으신 분까지 저런 모습이라니.'

쉬이 잡을 수 없는 타구였음에도 몸을 날리는 로키스의 노장, 헬튼의 의욕적인 모습에 민우의 고개가 절로 저어졌다.

볼카운트는 여전히 2볼 2스트라이크 상황이었다.

잠시 발을 풀며 호흡을 고른 민우가 배터 박스에 자리를 잡자 곧장 히메네즈가 와인드업과 함께 빠르게 공을 뿌렸다.

슈우욱!

히메네즈의 손을 떠난 공이 스트라이크존의 높은 코스를 꿰뚫을 듯 날아왔다.

'포심?'

동시에 민우도 강하게 스트라이드를 내딛고는 매섭게 배트를 내밀었다.

하지만 생각보다 느리게 날아오며 살짝 떨어져 내리는 공의 모습에 민우는 본능적으로 허리의 회전을 조절하며 배트의 방향을 고치려 노력했다.

따아악!

경쾌한 타격음과 함께 민우의 배트에서 쏘아진 타구가 투수의 머리 위로 쏘아졌다.

그 모습에 히메네즈가 눈을 질끈 감으며 뒤늦게 마운드에 주저앉았다.

타구를 날려 보낸 민우도 순간 가슴이 철렁했지만, 불상사가 일어나지 않은 것을 확인하고는 곧장 1루를 향해 빠르게 달리기 시작했다.

—7구! 타격! 투수의 머리 위를 스친 라인드라이브 타구는 내야를 뚫고 외야로! 좌중간을 가를 듯!

센터 방면으로 쏘아진 타구는 낮은 라인드라이브의 궤적을 그리며 조금씩 좌측으로 휘어지고 있었다.

홈런이 나오기엔 턱없이 부족한 타구였지만, 충분히 안타가 될 법한 타구였다.

하지만 로키스의 중견수, 곤잘레스는 발에 모터라도 단 듯 엄청난 스피트를 보이며 낙구 지점을 향해 매서운 모습으로 달려가고 있었다.

외야를 가르며 체공하던 타구가 점점 바닥으로 하강을 시작했고, 그 순간에도 타구와 곤잘레스의 거리는 빠르게 좁혀지고 있었다.

그리고 타구가 바닥과 1미터도 채 남겨두지 않은 순간.

팟!

곤잘레스가 달리던 속도 그대로 몸을 던지며 글러브를 쭉 뻗었다.

팍!

촤아아악!

가죽이 울리는 둔탁한 소리와 함께 양팔을 앞으로 쭉 뻗으며 그라운드에 내려앉은 곤잘레스는 그렇게 몇 미터를 더 미끄러진 뒤, 빠르게 자리에서 일어났다.

그리고 곧, 그가 글러브 안에서 공을 꺼내 들어 내야를 향해 가볍게 던지는 모습에 다저스타디움의 모든 이가 아쉬움을 드러내듯 머리를 부여잡았다.

—아~ 이걸 잡았어요! 또 하나의 호수비가 나옵니다! 강민우 선수의 좌중간을 가를 것만 같았던 타구를 멋진 슬라이딩 캐치로 걷어내는 곤잘레스! 와~ 정말 대단합니다!

—하하. 오늘 경기는 공격보다는 수비에서 볼거리가 더 많네요. 특히 양 팀의 중견수를 맡고 있는 강민우 선수, 그리고

지금 또 하나의 멋진 수비로 히메네즈의 퍼펙트를 다시 한 번 지켜낸 곤잘레스 선수가 주인공이라고 할 수 있겠네요.

—네, 서로의 홈런을 하나씩 훔쳐낸 상태에서 곤잘레스 선수가 다시 한 번 강민우 선수의 안타를 훔쳐내며 타선의 폭발 없이도 흥미로운 경기를 만들어갑니다. 이어서 6번 타자, 블레이크 선수가 타석에 들어섭니다.

1루를 돌아 2루로 향하던 민우는 자신의 두 눈으로 곤잘레스가 몸을 날리는 모습을, 그의 글러브에 자신이 때려낸 타구가 꽂히는 모습을 똑똑히 보았기에 허탈하게 웃음을 보일 수밖에 없었다.

'하하, 저것도 잡아버리네.'

곤잘레스는 내야로 공을 던진 뒤, 검지와 소지를 펴 보이며 모두에게 2아웃임을 인지시키고 있었다.

그러고는 시선을 돌려 민우를 바라보며 씨익 웃어 보였다.

마치 민우가 곤잘레스의 홈런을 훔쳤을 때와 같은 모습에 민우가 고개를 절레절레 저으며 몸을 돌렸다.

'이거 좀 위험한데. 저 녀석을 괜히 자극했나.'

어쩌면 바로 직전, 자신의 파울 타구를 향해 몸을 날리던 헬튼의 의욕적인 모습도 곤잘레스를 도발한 것이 원인이지 않을까 싶었다.

하지만 이미 벌어진 일은 돌이킬 수 없었다.

민우는 마지막 타석을 기약하며 빠르게 걸음을 옮겼다.

6회 초 2아웃 상황, 다시금 곤잘레스의 타석이 돌아왔다.

따악!

언제든지 튀어 나갈 준비를 하고 있던 민우는 타구가 쏘아지자 곧장 우익수 방면으로 달려갔다.

하지만 민우의 바람과 달리 곤잘레스의 타구는 높은 플라이가 되어 우익수 이디어의 글러브에 빨려 들어갔다.

복수의 기회를 놓치긴 했지만, 곤잘레스가 출루하지 못했다는 것에 위안을 삼았다.

그렇게 7회를 지나 8회 초까지, 경기는 0 대 2의 스코어에서 고정된 채, 8회 말로 넘어가고 있었다.

8회 말, 로키스의 마운드에 오른 투수는 여전히 무적의 투구를 보이고 있는 히메네즈였다.

이번 이닝에서 히메네즈가 올라오지 않기만을 바라던 다저스의 수많은 팬은 천천히, 여유 있는 걸음걸이로 다시금 그라운드로 들어서는 히메네즈의 모습에 낭패라는 듯 침울한 표정을 보이고 있었다.

"아아… 누가 저 녀석 좀 끌어내리라고……."

"우리 타자들이 못 하는 거야? 저 녀석이 잘하는 거야? 도대체 뭐야?"

“저 녀석이 겁나 잘하는 것도 맞고! 우리 타선이 겁나 못하는 것도 맞아! 에휴…….”

“타자가 몇 명인데 제 역할을 하는 게 민우뿐이냐…….”

“그러게 말이다. 애초에 곤잘레스 녀석이 그 공을 잡지만 않았어도 벌써 12경기 연속 홈런에 히메네즈도 내려갔을지도 모르는데.”

“시작한다. 그만하고 일단 지켜보자. 우리까지 이렇게 힘이 빠져서 어떻게 해. 응원이라도 열심히 해줘야지. 안 그래?”

힘없이 대화를 나누던 이들을 향해 한 중년 남성이 눈을 빛내며 이야기하자 모두의 시선이 천천히 그라운드로 향했다.

하지만 히메네즈의 연습 투구는 여전히 위력적인 모습으로 다저스 팬들을 압박하고 있었다.

이닝을 거듭하면서도 전혀 줄어들지 않은 구속을 보이는 히메네즈였기에 더욱 그러했다.

곧, 타석에는 오늘 두 번의 타석에서 모두 투수 앞 땅볼로 무기력하게 물러선 타자, 로니가 들어섰다.

로니는 볼을 걸러내고, 스트라이크존으로 향하는 공을 최대한 걷어내며 히메네즈의 투구 수를 늘려갔다.

그리고 그 모습에 다저스의 팬들이 더욱 목청껏 로니를 응원했다.

“로니! 로니!”

“홈런! 홈런!”

그리고 다시 한 번, 히메네즈의 손에서 뿌려진 공이 스트라이크존의 안쪽으로 향했다.

따아악!

앞선 두 타석에서 들려주지 못한 강렬한 타격음에 모두의 눈이 동그랗게 떠진 순간.

촤아악!

팍!

총알같이 쏘아진 타구를 향해 몸을 날린 헬튼이 기어코 글러브를 뻗어 로니의 타구를 잡아냈다.

그 모습에 로니가 이를 악물며 1루를 향해 전력으로 달렸지만, 그보다 더 빨리 베이스 커버를 들어온 히메네즈가 헬튼이 토스해 준 공을 받은 뒤, 베이스를 밟으며 아웃 카운트를 잡아냈다.

"젠장! 젠장!"

로니는 분하다는 듯, 자신의 헬멧을 손으로 두드리며 거친 욕설을 내뱉으며 심하게 자책하는 모습을 보이고 있었다.

그리고 그런 로니의 모습을 1루 측 관중석에 앉은 많은 이가 씁쓸한 표정으로 바라보고 있었다.

—아~ 1루와 2루를 가를 듯 쏘아진 타구였는데요. 1루수 헬튼이 이 타구를 잡아냅니다. 로키스의 호수비만 오늘 벌써 몇 번째인지요. 이런 수비력이 로키스를 쿠어스 필드에서도

승승장구하게 만드는 비결이 아닐까 싶습니다.

—헬튼의 호수비로 히메네즈 선수의 퍼펙트게임은 계속 이어집니다. 이제 대기록 달성까지 단 5타석만이 남았습니다. 하지만 지금 들어서는 이 선수를 넘어야만 가능한 일이죠? 강민우 선수가 타석에 들어서고 있습니다.

—강민우 선수로서도 이번 타석이 아마 오늘 경기의 마지막 타석이 될 확률이 높은데요. 여기서 홈런을 치지 못한다면 연속 경기 홈런 기록은 11경기에서 끝이 나게 됩니다. 과연 어제와 같은 기적을 일으킬지, 앞선 두 타석에서처럼 그대로 물러나고 말지, 다 같이 지켜봐 주시기 바랍니다.

가볍게 배트를 휘두르며 타석으로 걸어가는 민우의 모습에 다저스의 팬들은 마지막 희망이라도 보는 것처럼 열성적으로 환호성을 내지르기 시작했다.

"강! 강!"

"다저스를 구해줘!"

"퍼펙트게임만은 안 된다고!"

"린스컴에게 한 방 먹였잖아! 너라면 할 수 있어!"

그 목소리엔 간절함, 자신을 향한 믿음 등의 감정들이 복잡하게 느껴지고 있었다.

민우 그 자신도 그들의 바람대로 큼지막한 한 방을 날려, 모두에게 기쁨을 주고 싶었다.

하지만 마운드 위에 서 있는 히메네즈는 아직도 굳건한 모습을 유지하고 있었다.

'둘을 비교해 보면… 역시 히메네즈가 우세해. 한마디로 오늘은 정말 어렵다는 뜻이기도 하다. 모든 구종을 다 신경 쓰다가는 결과가 그리 좋지 않을 거야.'

배트를 빠르게 내밀다가 제동을 거는 것은 가능하지만, 반대로 배트를 느리게 내밀다가 속도를 붙이는 것은 불가능한 일이었다.

그렇기 때문에 타자들은 상대 투수의 패스트볼에 배팅 타이밍을 맞추고, 상황에 맞게 배트 스피드를 늦추는 것이었다.

이런 이유로 패스트볼의 구속이 빠르면 빠를수록 그 공을 받쳐주는 브레이킹 볼에 대응하는 것이 힘든 것은 당연한 사실이었다.

그리고 히메네즈는 투수들의 꿈의 구속인 100마일을 뻉뻉 뿌려대면서도 언제든지 78마일짜리 커브를 꽂아 넣는 투수였다.

내키지는 않았지만, 성공률을 높이기 위해서 선택 폭을 좁히는 과감한 선택이 필요했다.

'커브를 제외하고는 충분히 컨트롤 가능한 허용 범위 안이니까 훨씬 확률이 높아. 거기다가 오늘 경기에서 투심과 체인지업의 조합으로 재미를 보고 있으니, 굳이 먹히는 공을 버리고 커브를 주력으로 던질 확률은 상당히 낮다. 카운트가 몰리

기 전까지는 커브를 배제하고 나머지 공들을 노려보자.'

어느새 배터 박스의 바로 옆에 도착한 민우가 숨을 고르며 천천히 배터 박스로 발을 들였다.

어쩌면 이 선택을 후회하게 될지도 몰랐다.

메이저리그의 포수들은 타자의 몸짓 하나도 철저히 분석해 노리는 공을 가려내고는 한다.

어쩌면 커브에 대한 민우의 반응을 보고 무언가를 눈치채고 카운트를 자연스럽게 몰아갈 수도 있었다.

민우는 이전 타석과 변함없는 모습으로 배트를 가볍게 휘두르고는 타격 자세를 취했다.

곧, 민우의 모습을 힐끔 바라본 올리보의 사인을 받은 히메네즈가 와인드업과 함께 빠르게 공을 뿌렸다.

슈우우욱!

히메네즈의 손을 떠나 스트라이크존의 한가운데로 향하던 공이 곧 급격히 휘어지며 스트라이크존의 바깥으로 빠져나갔다.

팡!

"볼!"

전광판에 찍힌 구속은 93마일이었다.

'구속이 떨어졌어?'

민우는 갑자기 5마일 이상 떨어진 구속에 고개를 갸웃거렸지만, 이내 다시금 타석에 들어서며 다음 공을 대비했다.

슈우욱!

툭! 팡!

2구는 제구가 되지 않은 듯, 홈 플레이트를 강타하며 바운드되는 볼이었다.

2개의 공을 연속으로 크게 빠뜨리며 불안한 모습을 보이는 히메네즈의 투구에 다저스타디움에 일순 환호성이 일었다.

슈우욱!

팡!

"스트라이크!"

이어 3구는 스트라이크존의 바깥쪽 낮은 코스를 찌르는 94마일짜리 포심 패스트볼이었다.

민우는 볼과 스트라이크의 경계로 향하는 그 공을 흘려보내고는 가볍게 발을 풀며 히메네즈를 바라봤다.

하지만 히메네즈의 표정엔 전혀 흔들리는 듯한 기색이 보이지 않았다.

'이상한데. 확실히 줄어든 건가?'

6마일(약 9.6km)의 차이는 그리 적은 차이가 아니었다.

현재 민우의 영점은 100마일의 공에 맞춰져 있었다.

만약 히메네즈의 힘이 떨어졌거나 그의 몸에 문제가 생겨 최고 구속이 95마일로 줄어들었다고 한다면 정확한 타격을 위해 타이밍의 조정이 필요했다.

하지만 만약 구속을 일부러 조절하고 있다면, 민우의 눈이 느린 공에 익었을 때, 다시 100마일의 공을 뿌리면 찰나의 차이가 홈런을 범타로 만들 것이 분명했다.

민우는 머리가 복잡해지는 느낌에 가볍게 미간을 찌푸렸다.

오히려 이런 것이 구분하기 더 어려웠다.

타자들은 특정 구종을 상대하고 나서는 해당 구종의 구속을 머리와 몸으로 인식한다.

이때, 같은 구종임에도 그 구속이 몇 마일 이상 차이가 나기 시작하면 그것은 또 하나의 위력적인 변화구가 되는 것이나 마찬가지였다.

히메네즈의 경우 패스트볼 구속이 100마일이었기에 패스트볼임을 확인하면 몸은 자연스레 100마일에 맞는 속도로 대응하게 된다.

하지만 그 구속이 94마일로 떨어졌다면 100마일에 맞춰져 있는 배트와는 찰나의 타이밍이 어긋나게 되고, 필연적으로 타구의 질도 나빠지는 것이다.

'하필이면 왜 지금… 아니, 일부러 그러는 걸 수도 있잖아?'

또 하나의 의심은 민우의 머릿속을 더욱 어지럽게 만들었다.

타석에서 잡념이 많아지면 좋은 결과가 나올 확률은 급격히 낮아진다.

그 사실을 알고 있으면서도 민우는 쉬이 머릿속을 정리할 수가 없었다.

민우가 오래도록 발을 풀고 있는 모습에 주심이 타석에 들어서라는 손짓을 보였다.

민우는 그제야 가볍게 고개를 숙이며 타석에 들어서 배트를 두어 번 휘둘러보았다.

'후우. 생각해 봐야 답이 나오질 않아. 집중하자, 집중.'

잠시 그런 민우를 힐긋 바라본 올리보의 얼굴에 미미한 표정 변화가 드러났다 사라졌다.

올리보의 사인에 가볍게 고개를 끄덕인 히메네즈가 곧 빠르게 키킹을 하며 특유의 투박한 동작으로 스트라이드를 내디뎠다.

그리고 곧 뒤로 당겨졌던 그의 손에서 공이 뿌려졌다.

슈우우욱!

히메네즈의 손을 떠난 공이 매서운 파공음을 내지르며 홈플레이트를 향해 날아오기 시작했다.

동시에 민우가 스트라이드를 강하게 내디디며 허리의 회전을 팔로, 배트로 이어갔다.

따아악!

곧, 민우의 배트와 히메네즈의 공이 홈 플레이트 앞에서 강하게 맞부딪히며 강렬한 타격음을 내뱉었다.

타구는 곧장 낮은 포물선을 그리며 좌중간으로 쏘아져 날아갔다.

—쳤습니다! 좌중간으로 쏘아진 타구!

다저스타디움의 모든 이가 민우의 타구를 간절한 시선으로 바라보고 있었고, 해설자의 흥분한 목소리에 TV와 라디오로 경기를 지켜보고, 듣고 있던 이들도 덩달아 하던 일을 멈추고 눈과 귀를 기울였다.

하지만 정작 그 당사자인 민우는 미간을 찌푸리고는 빠르게 배트를 놓고 베이스를 돌기 시작했다.

그 손엔 약간의 떨림이 남아 느껴지고 있었다.

끝을 모르고 뻗어갈 것만 같던 타구는 펜스와 가까워지며 힘을 잃고 급격히 하락을 시작했다.

그리고 타구를 쫓아 빠르게 달려온 곤잘레스가 퍼펙트게임을 지켜내겠다는 듯, 힘껏 점프를 해 보였다.

하지만 타구는 간발의 차이로 곤잘레스의 글러브의 옆을 스치고 뒤로 빠져나갔고, 약간의 거리를 둔 채 곤잘레스와 타구가 동시에 펜스를 강타하고 나뒹굴었다.

—아~ 곤잘레스가 점핑 캐치를 시도했지만 잡지 못합니다! 빠르게 백업을 들어온 스미스가 곧장 공을 들어 내야로 뿌립니다! 발 빠른 강민우 선수는 3루로 슬라이딩!

곤잘레스가 공을 놓치는 모습에 2루를 돌던 민우는 냅다 3루를 향해 달리기 시작했고, 3루 코치의 제스처에 곧장 몸을 날리며 베이스를 잡았다.

촤아악!

그사이 공을 잡은 유격수가 2루를 향해 공을 뿌리려는 모션을 보였지만, 실제로 공을 뿌리지는 않았다.

민우의 안타는 곧 3루타로 인정이 되며 전광판에 표시된 다저스의 안타 개수는 0에서 1로 바뀌었다.

히메네즈의 퍼펙트 행진이 마감되는 순간이었다.

—강민우 선수의 3루타가 터져 나오며 히메네즈의 퍼펙트 행진은 아웃 카운트 5개를 남겨두고 깨어지고 말았습니다. 히메네즈 선수가 상당히 아쉬워하는군요. 그리고… 강민우 선수도 참 아쉽겠습니다.

—예. 후우, 이것 참. 뭐라고 말해야 할지 모르겠네요. 히메네즈 선수의 퍼펙트는 끝이 났지만 강민우 선수의 기록은 아직 가능성이 있습니다. 하지만 강민우 선수가 다시 한 번 타석에 들어서기 위해서는 9회 말까지 남은 타석에서 다저스의 타선이 2점을 내야 하는데요. 과연 다저스가 강민우 선수에게 다시 한 번 기회를 만들어줄 수 있을지, 남은 경기도 계속 지켜봐 주시기 바랍니다.

퍼펙트게임을 당하는 것을 면했음에도 다저스타디움을 가득 메운 모든 이들은 기쁨보다는 아쉬움이 가득한 시선으로 3루를 바라봤다.

그리고 그들의 시선이 모인 곳에는 민우가 더러워진 유니폼을 털지도 못한 채, 3루 베이스를 밟고 있었다.

'마지막 공… 분명 100마일이었어.'

전광판에 표시된 구속을 보지 않아도 몸으로 알 수 있었다.

3루 코치가 조용히 다가와 민우의 엉덩이에 묻은 흙을 툭툭 털어주고는 그 어깨를 말없이 두드려 주었다.

당했다는 생각에 분한 마음이 들었지만, 아직 경기는 끝나지 않았다.

두 점만 낸다면 다시 한 번 기회가 돌아올 수 있었다.

따악!

그리고 그런 민우를 달래주듯 다음 타자인 블레이크가 큼지막한 희생플라이를 날려 보내며 민우를 홈으로 불러들였고, 다저스는 소중한 한 점을 추가했다.

하지만 7번 타자인 테리엇이 삼진으로 돌아서며 더 이상의 추가 득점은 이루어지지 않았다.

이제 점수는 단 한 점 차이.

모두의 마음속에 역전이라는 희망이 자라나기 시작했다.

9회 초, 민우는 주자 1루 상황에서 곤잘레스의 홈런성 타구를 다시 한 번 완벽히 걷어내며 로키스가 달아나지 못하게 꽉 붙잡았다.

민우의 환상적인 수비는 처져있던 다저스타디움의 분위기를 완전히 살려냈고, 다저스 팬들의 마음속에 '어쩌면'이라는 생각을 더욱 커지게 만들었다.

그러나 다저스의 하위 타선에게 히메네즈는 결국 넘을 수 없는 산이었다.

9회 말, 8, 9번 타자를 연속 삼진으로 잡아낸 히메네즈는 1번 타자인 캐롤을 중견수 플라이로 돌려세우며 완투승을 거두었다.

결국 다저스는 한 점의 차이를 좁히지 못했고, 경기는 그렇게 끝이 나고 말았다.

팀은 또 다시 패배하며 2연패를 기록했고, 그 상승세가 한풀 꺾이는 기세였다.

민우로서는 연속 경기 홈런 기록이 11경기를 끝으로 멈춰서고 말았다.

메이저리그 승격 이후, 승승장구하던 민우로서는 정말 오랜만에 맛보는 실패였다.

기대했던 홈런포도, 승리도 없었다.

민우의 신기록 행진을 끝이 났고, 준비되어 있던 폭죽은 쏘아지지 않은 채 다음을 기약했다.

경기가 결국 패배로 끝이 나자, 다저스타디움을 가득 메웠던 수만의 인파는 썰물처럼 빠르게 경기장을 빠져나갔다.

어느새 텅 비어버린 경기장에는 관리 인력들만이 남아 관중석을 정리하고, 곳곳에 버려진 쓰레기들을 치우며 경기가 치러졌던 흔적을 빠르게 지우고 있었다.

하지만 다저스타디움을 찾아 처음부터 끝까지 모든 과정을 지켜본 이들의 아쉬움, 마지막까지 최선을 다했지만 끝내 패배를 당한 선수들의 아쉬움은 지울 수 없었다.

퍼펙트게임을 면했다는 것보다 이틀 연속으로 퍼펙트게임을 내어줄 뻔했다는 것이 선수들을 더 아프게 했다.

2경기 3안타. 그중 민우의 홈런 하나와 3루타 하나를 제외하면 선수단이 한 것은 6번 타자인 블레이크의 홈런 하나가 전부였다.

그리고 오늘은 기대했던 민우의 홈런조차 터지지 않았다.

극심한 빈타.

물론 상대 투수가 지난 시즌을 지배했고, 올 시즌을 지배하고 있는 최고 투수들이기에 이런 결과가 나왔다고도 볼 수 있었다.

하지만 누구나 최고를 꿈꾸며 올라온 메이저리그였고 누구에게 밀린다고 적당히를 생각하는 순간 무너지는 곳이 메이저리그였다.

그렇기 때문에 선수들의 자존심은 그렇게 만만한 것이 아니었고, 아무리 최강 투수라도 이틀 연속으로 단타 하나를 때려내지 못했다는 것은 그 충격의 정도가 달랐다.

이런 결과로 인해 선수들이 애써 부여잡고 있던 자존심의 균열은 더욱 커져 있었다.

그나마 다행인 것은 현재 다저스의 주전 라인업을 차지하고 있는 타자들의 평균 나이는 서른을 훌쩍 넘고 있다는 점이었다.

만약 주축 선수들이 어린 선수들이었다면 그 결과에 휩쓸려 순식간에 슬럼프에 빠질 수도 있었지만, 과반수가 산전수전을 다 겪은 노장 선수였기에 패배의 충격에서 빠져나오는 것도 조금이나마 수월하다고 할 수 있었다.

하지만 그렇다고 해서 충격이 아예 없는 것은 아니었고, 버티는 힘이 조금 더 셀 뿐이었다.

아무리 노장 선수들이라고 해도 그런 감정들이 다음 경기까지 이어지면 좋을 것이 없었다.

다음 경기에서 어떻게든 반등의 계기를 마련해야 다시금 상승세를 탈 수 있었다.

그걸 알고 있는 블레이크를 비롯한 고참 선수들은 라커룸 이곳저곳에 흩어져 축 처져 있는 어린 선수들을 각자의 방법으로 열심히 다독이고 있었다.

하지만 그런 그들조차 가장 우려하는 것이 바로 어느새 팀의 주포가 되어버린, 그러면서도 가장 어린 선수인 민우의 멘탈이었다.

"민우 녀석, 괜찮겠지?"

환복을 하며 민우를 힐긋 바라본 포세드닉의 물음에 바로 옆에 서 있던 존슨도 고개를 돌려 민우를 바라봤다.

그들의 시선이 닿는 곳에는 민우가 자신의 라커 앞에 앉은 채, 심각한 표정으로 생각에 잠겨 있는 모습이 보이고 있었다.

잠시 그 모습을 바라보던 존슨이 천천히 입을 열었다.

"솔직히 조금 걱정이긴 하네. 원래 스스로 최고인 줄 아는 애들이 실패를 맛보면 더 크게 흔들리는 법이니까."

"하긴. 사실 지금까지 한 것도 엄청 대단한 거긴 한데, 너무 일찍 정점을 찍었다고 해야 되나? 앞으로 조금만 부진해도 흔들릴지도 몰라. 이럴 때야말로 옆에서 누가 잘 다독여 줘야 할 텐데."

포세드닉의 이야기에 존슨이 피식 웃으며 고갯짓을 했다.

"그건 걱정하지 않아도 돼. 굳이 우리가 아니어도 민우바라기 기븐스가 벌써 움직이고 있다."

존슨의 말에 다시 고개를 돌린 포세드닉은 기븐스가 민우의 곁으로 다가가는 모습에 피식 웃으며 고개를 끄덕거렸다.

기븐스는 민우의 곁에 있던 빈 의자를 끌어다가 민우의 맞은편에 자리를 잡고 앉았다.

민우는 자신의 앞쪽에 지는 그림자에 천천히 고개를 들었다.

그러자 기븐스가 기다렸다는 듯, 씨익 웃으며 입을 열었다.

"인마, 뭐가 그렇게 심각해. 너 설마 기록 때문에 그래?"

"예?"

민우가 잠시 당황한 표정을 보이자 기븐스는 마치 다 안다는 듯한 표정으로 빠르게 말을 내뱉기 시작했다.

"인마, 뭘 그런 걸 가지고 풀이 죽어 있고 그래? 네가 얼마나 대단한 기록을 세웠는지 알아? 11경기 연속 홈런이라고! 전무후무! 전대미문! 세계 유일! 너에게 붙는 수식어가 얼마나 많은 줄 알아? 근데 짜식이, 오늘 홈런 하나 못 쳤다고 그렇게 기가 죽어 있으면 쓰냐."

기븐스의 말에 잠시 생각에 잠겨 있던 민우가 어색하게 웃어 보였다.

"아, 예……."

'꼭 그것 때문만은 아닌데…….'

기록은 언젠가 끊기는 것이기 때문에 기록이라고 불리는 것이었고, 기대하지 않았던 11경기 연속 홈런 기록이었기에 민우도 충분히 만족하고 있었다.

물론 아쉽지 않다면 거짓이겠지만 민우가 고민에 빠져 있는 것은 히메네즈에게 역으로 농락을 당했던 것에 대한 아쉬움이었다.

만약 이후에 만날 다른 투수들 중에 히메네즈처럼 뛰어난 구속 조절 능력을 가진 투수를 다시 만나게 된다면 어떻게 대응하는 것이 좋을지에 대한 생각에 잠겨 있었다.

'그래야 출루를 하고, 득점을 하고, 승리를 할 수 있을 테니까.'

마이너리그에서의 경험으로 민우는 자신이 자리한 5번이라는 위치의 중요성을 잘 알고 있었다.

자신이 이 자리에서 제 역할을 하면 할수록, 앞선 타순인 4번에 더해 3번 타자까지도 투수들이 쉬이 비껴가지 못하고 정면 승부를 해야 했다.

하지만 만약 자신이 투수에게 지금처럼 약점을 노출한다면, 그리고 투수들이 그 약점을 제대로 공략한다면 아웃 카운트가 몰렸을 때, 앞선 타자들을 피하고 자신을 상대하려 할 것이다.

누군가는 자만심이라고 할지 모르지만, 현재 다저스의 타선에서 제대로 중심을 잡아주고 있는 타자가 바로 민우였다.

다음 시즌은 몰라도 이번 시즌만큼은 민우가 어느새 타선의 중심을 잡아주는 역할을 하고 있었기에 민우는 그 스스로에게 책임감을 부여하고 있었다.

그리고 민우의 궁극적인 목표는 한 경기, 한 경기를 넘어 플레이오프, 더 나아가 월드시리즈에 진출하는 것이었다.

'목표는 월드시리즈. 욕심일지도 모르지만… 꼭 가고 싶다.'

만약 오늘 경기에서 승리했다면 그 목표에 한 발자국 더 다가갈 수 있었겠지만 패배하고 말았다.

손에 잡힐 듯하던 목표가 다시금 멀어졌다.

이런 실패는 오늘 한 번으로 족했다.

그런 복잡한 생각들이 모여 민우의 표정으로 드러난 것이었다.

기븐스는 잠시 그런 민우를 바라보다가 그 어깨를 가볍게 두드려 주었다.

"그리고 오늘 패배한 건 네 책임이 아니야."

마치 자신의 속마음을 읽은 것 같은 기븐스의 이야기에 민우의 두 눈이 가볍게 커졌다.

그리고 그 모습에 기븐스는 가볍게 미소를 지어 보였다.

"인마. 사실 너 아니었으면 오늘 1 대 2가 아니라 0 대 4. 아니 0 대 6으로 졌을 걸? 네가 훔친 홈런만 해도 2개고, 네가 3루타를 친 덕분에 블레이크가 희생플라이로 1점을 낸 거 아니냐. 오히려 네 덕분에 점수를 지키고 턱 끝까지 쫓아갈 수 있었던 거지. 그냥 오늘은 히메네즈 녀석이 제대로 긁힌 날, 그냥 그런 날인 거다. 네가 매일매일 홈런을 친 것처럼, 녀석도 하루 정도는 이런 날이 있는 거야. 그런 녀석에게 3루타를 때린 것도 대단한 거라고. 네가 그렇게 분해하면 말이지… 너한테 매일매일 홈런을 헌납한 투수들과 우리들은 바보가 되는 거야."

기븐스의 꺼내는 이야기는 틀린 말이 아니었다.

11경기 연속 홈런을 때려놓고 이렇게 분해하는 것도 동료들에게 좋지 않은 영향을 줄 수도 있었다.

"차라리 훈련을 더 열심히 하는 모습을 보여주라고. 그럼 다른 녀석들도 오히려 긍정적으로 자극을 받을 테니까 말이야."

학교에서도 시험에서 매일 100점을 받던 녀석이 한 문제를 틀렸다고 망했다느니 하는 소리를 했다간 순식간에 재수 없는 놈이 되고 만다.

하지만 아쉬운 티를 내기보단 조용히 공부에 매진하는 모습을 보인다면 오히려 그런 모습이 긍정적인 영향을 주곤 한다.

기븐스의 이야기에 학창 시절의 경험을 잠시 떠올린 민우가 이내 옅게 웃어 보이며 고개를 끄덕거렸다.

"무슨 말인지 알겠어요. 죄송해요, 기븐스."

민우가 고개를 꾸벅 숙이자 기븐스가 손사래를 치며 고개를 저었다.

"에이~ 뭐가 죄송해. 그냥 그렇다는 거지. 자자, 이제 이런 얘기는 그만하고 축하주나 마시러 가자. 경기에서 진 건 아쉽지만, 이제 민우의 기록이 끝났으니까 11경기 연속 홈런 기념 파티는 해야지? 다들 갈 거지? 오늘은 블레이크가 쏜다!"

기븐스가 동료들에게 동의를 구하듯 물음을 건넸다.

그러자 동료들이 뭘 그런 걸 물어보냐는 듯, 피식거리며 소리를 지르기 시작했다.

"오우우!"

"드디어 파티구나!"

"다 털어버리고 내일부터 다시 시작하자고!"

"근데 왜 나야?"

뜬금없이 파티의 물주가 되어버린 블레이크가 황당한 웃음을 지은 채 물음을 던졌고, 조용히 옆으로 다가온 기븐스가 한쪽 눈을 찡긋하며 그 어깨를 두드렸다.

"부탁해, 리더."

*　　　*　　　*

경기 종료 이후, 각종 언론사들은 앞다퉈 기사를 올리며 민우의 기록 행진이 끝났음을 알렸다.

〈'코리안 몬스터' 강민우. 연속 경기 홈런 기록 갱신에 실패하며 11경기로 대기록을 마감하다. 팀은 2연패.〉

〈'킹 캉' 강의 침묵과 함께 주춤한 다저스, 플레이오프 경쟁에서 다시 멀어지나. 여전히 4위 자리 고수.〉

속속들이 올라오는 기사에 현장에서 경기를 지켜본 이들도, TV와 라디오로 경기를 보고 들은 이들도, 바쁜 일과로 인해 경기를 지켜보지 못한 이들까지, 모두가 한마음으로 아쉬움을 표했다.

한 소규모 다저스 커뮤니티의 채팅방에는 기사가 올라온 이후, 회원들이 하나둘 입장해 서로의 아쉬운 마음을 채팅으로 달래고 있었다.

—아~ 이제 무슨 재미로 다저스 경기 보냐. 솔직히 플레이오프는 바라지도 않았고, 강민우 홈런 기록 보는 재미였는데. 쩝.

—그러게. 11경기 연속 홈런도 진짜 대단한 건데, 막상 12경기 연속 홈런이라는 기록 달성에 실패했다고 하니까 왜 이리 아쉬운 건지.

—난 그 표현이 마음에 안 들어. 실패라는 말이 어울리지 않는 기록이잖아. 마감 정도가 어울리지 않으려나? 뭐, 사실 뭐라고 표현해도 아쉬운 건 마찬가지지만 말이야.

—에휴, 곤잘레스 그 자식의 미친 수비만 아니었어도 계속 이어지는 거였는데.

—아, 그러고 보니 그 녀석, 마지막에 민우 타구 잡으려다가 펜스에 제대로 박던데 크게 부상당하지 않았을라나?

—뭔 소리야. 9회에도 잘 뛰어다니던데? 아마 내일도 나올걸?

—에휴. 뭐, 나오든 말든 이미 기록은 끝났다.

—쯧쯧. 무슨 소리! 기록은 끝났지만 하나 남았잖아. 지구 우승! 강민우가 기자 회견 때 했던 말 잊었어? 두 마리 토끼 다 잡을 거라고. 솔직히 신기록은 달성했으니까 잡은 거나 마찬가지고, 이제 지구 우승만 남았네.

—아, 그랬었지? 근데 그게 될까?

* * *

다저스타디움은 전날과 달리 곳곳에 빈자리가 드문드문 보일 정도였는데, 민우의 연속 경기 홈런 기록 중단의 여파를 보여주는 듯했다.

하지만 그 관중 수가 줄어들었다는 것이 티가 나지 않을 정도로 관중들의 함성 소리는 하늘을 찌를 듯했다.

따아악!

"우아아!!"

"나이스!! 이디어!!"

따악!

"와아아!!"

따아악!

"우와아아아!!"

"또 넘어갔어!!"

"이게 바로 다저스지!"

—넘어~ 갑니다! 블레이크의 투런 홈런! 스코어 10 대 1! 다저스의 타선이 또 다시 폭발하며 격차를 더욱 벌립니다!

—4회, 이디어 선수의 솔로 홈런을 시작으로 강민우 선수의 2루타 이후, 다시 블레이크 선수의 홈런이 폭발하며 순식간에 두 자릿수 득점을 만들어내는 다저스입니다. 전날의 무기력한

타선과는 전혀 다른 모습인데요. 같은 선수들이 맞는 건지 정말 궁금하네요. 하하.

다저스의 타선은 마치 반전의 계기라도 마련한 것처럼 매회 타선이 폭발하며 다저스타디움을 찾은 관중들의 눈을 몹시 즐겁게 해주고 있었다.

선수들은 기회만 오면 공격적으로 배트를 휘둘러대며 전날 패배의 설욕을 하는 모습이었다.

이날 경기는 초반부터 압도적인 화력을 보인 다저스의 승리로 끝이 나며 연패를 끊고 다시 1승을 기록하며 반등을 준비하고 있었다.

제5장

시즌의 끝은 다가오고 1

사무실 한가운데에 놓인 긴 탁자를 사이에 두고 한쪽 소파에는 남성 두 명이, 다른 한쪽 소파에는 여성 한 명이 각각 자리를 잡고 앉아 있었다.

단정한 인상을 주기 위해서인지 검은 머리를 2 대 8로 잘 빗어 넘긴 중년 남성이 안타깝다는 표정을 과장되게 드러내며 맞은편에 앉은 여성을 바라보고 있었다.

"이거 아쉽게 되었습니다. 11경기 연속 홈런에서 멈춰 서고 말았으니……."

남성의 말에 서류의 내용을 천천히 살펴보고 있던 여성, 에이전트 퍼거슨이 가볍게 고개를 끄덕였다.

“어쩔 수 없지만, 기록은 다시 깨고 깨지는 것이기에 재미있는 것이 아니겠습니까?”

퍼거슨의 말에 중년 남성과 그 옆에 앉아 있던 조금은 더 젊어 보이는, 안경을 쓴 남성도 덩달아 고개를 끄덕였다.

“흐음… 재미라…….”

“만약 강민우 선수가 자신이 세운 11경기 연속 홈런이라는 기록을 다음 시즌에 갱신한다면… 사람들은 지금보다 더욱 열광할 겁니다.”

퍼거슨의 부연 설명에 안경을 쓴 남성이 가볍게 웃으며 질문을 건넸다.

“흠. 상상만 해도 즐겁긴 합니다만, 아무리 강민우 선수라고 해도 이런 대단한 기록을 다시금 달성하는 게 가능하겠습니까?”

“생각해 보십시오. 몇 달 전까지만 하더라도 그 누구도 강민우 선수가 이런 기록은커녕, 메이저리그에 올라올 것이라고는 생각조차 하지 않았었습니다.”

퍼거슨의 이야기에 중년 남성이 공감한다는 듯 고개를 끄덕거렸다.

‘이런 선수인 줄 알았으면 LC에서 방출을 했을 때, 날름 데려왔겠지. 그 뒤로 2군에 스카우트 인력을 더욱 늘렸지만… 강민우만 한 인재는 전혀 보이지 않고 있고. 생각할수록 아쉽군… 아쉬워.’

잠시 생각에 잠겼던 남성이 다시 퍼거슨의 이야기에 집중하기 시작했다.

"하지만 강민우 선수는 아무도 예상치 못한 일들을 하나하나 해냈습니다. 이번 기록의 실패로 잠시 주춤하긴 했지만, 이런 경험이 강민우 선수를 더욱 성장시키는 계기가 될 겁니다. 그리고… 강민우 선수가 메이저리그에서 자신의 족적을 남길 때마다 삼정에도 좋은 영향을 줄 테고 말입니다."

퍼거슨의 이야기에 두 남성이 동시에 고개를 끄덕거렸다.

강민우라는 존재는 혜성처럼 나타나 한 달이 채 되지 않는 시간 동안 메이저리그를 완벽히 지배하고 있었다.

야구의 종주국이라고 할 수 있는 미국의 메이저리그에서 최고의 기록들을 하나하나 작성해 가고 있는 강민우와 세계 1위 기업을 목표로 삼고 있는 삼정은 잘 어울리는 한 쌍이었다.

강민우를 내친 LC는 미래를 내다보는 안목이 없는 팀으로 이미 웃음거리로 전락한 상태였다.

그리고 LC에서 강민우를 차지하기 위해 사람을 보냈다는 것도 이미 오래 전에 삼정의 귀에 들어왔다.

'염치도 없지. 필요 없다고 내칠 때는 언제고, 이제 와서 잘나간다고 손을 내밀다니. 쯧. 그리고 겨우 그 정도로 우리 삼정을 이길 수 있을 거라고 생각한 건가.'

삼정의 귀에 들어온 LC의 제안은 연간 3억 원 수준에 불과했다.

신인 선수에게는 파격적인 조건이었지만, 삼정이 들고 온 제안에 비하면 새 발의 피에 불과했다.

'뭐, 이미 LC가 과거에 저지른 일들도 있고, 계약 금액 자체도 차이가 크니 볼 것도 없지. 우리야 덕분에 후원 계약을 따게 되었으니 고맙다고 해야겠군. 후후.'

"같은 생각입니다. 강민우 선수에게 저희 삼정은 굉장히 큰 기대를 하고 있습니다. 다음 시즌에는 올 시즌보다 더욱 놀라운 결과를 보여주리라고 생각합니다. 그럼, 확답을 언제까지 주실 수 있습니까?"

남성의 질문에 퍼거슨이 서류를 정리하며 미소를 지어 보였다.

"마침 내일이 다저스의 휴식일입니다. 사실 시즌 중에 이런 계약 사항들을 들고 선수를 찾아가는 것이 방해가 될 수도 있습니다만, 삼정의 성의를 생각해 최대한 빠르게 처리하도록 하겠습니다."

퍼거슨의 말에 남성도 가볍게 미소를 보이며 천천히 자리에서 일어섰다.

"이거 신경 써주시니 송구할 따름입니다. 그럼, 좋은 소식 기다리도록 하겠습니다."

"살펴 가십시오."

가볍게 손을 맞잡고 악수를 나누고는 두 남성이 퍼거슨의 사무실을 빠져나갔다.

문이 닫힌 뒤, 퍼거슨은 정리한 서류를 책상에 내려놓고는 손목을 들어 시간을 확인하고는 곧장 의자에 몸을 파묻었다.

'후우. 삼정 건도 이제 강민우 선수의 승낙만 있으면 끝이군. 경기는 어느 정도 진행이 됐지?'

퍼거슨은 곧 가볍게 몸을 일으키고는 마우스를 이리저리 움직이고는 확인을 했다는 듯, 곧 스마트폰을 꺼내 두드리기 시작했다.

*　　*　　*

따악!

타석에서 쏘아진 타구가 큰 포물선을 그리며 센터필드로 날아오고 있었다.

그리고 그 낙구 지점을 알려주는 반원은 민우가 서 있는 위치에 나타나 있었다.

'끝났군.'

민우는 제자리에서 한 걸음도 움직이지 않은 채, 고개를 들어 타구를 바라봤다.

팍!

곧 가볍게 민우의 글러브에 타구가 잡히며 마지막 아웃 카운트가 채워졌고, 관중들의 함성 소리와 함께 경기의 끝을 알렸다.

—중견수 강민우 선수가 제자리에서, 잡아냅니다! 중견수 플라이로 마지막 아웃 카운트가 채워지며 경기는 다저스의 승리로 마무리됩니다.

—다저스가 로키스와의 홈 3연전에서 위닝 시리즈를 만들어냅니다. 로키스는 1차전에서 다저스를 압도한 이후, 두 경기 연속 무기력한 패배입니다. 이제 하루 휴식 뒤, 다저스는 파드리스와의 홈 3연전을, 로키스는 디백스와의 원정 3연전을 치르는 일정으로 이어집니다.

*　　　*　　　*

히메네즈에게 압도적인 패배를 당한 것이 언제냐는 듯, 이틀 연속 대승을 이끌어낸 덕에 팀 분위기는 상당히 고무적이었다.

특히 유의미한 것은 민우가 홀로 고군분투하던 팀 타선이 오랜만에 과거의 강타선에 뒤지지 않는 폭발력 있는 모습을 유감없이 보여주었다는 점이었다.

1번부터 8번까지 골고루 안타와 타점을 뽑아내며 타격감이 완벽히 살아난 상태였기에, 다음 3연전 상대인 내셔널리그 서부 지구 1위, 파드리스와의 경기가 기대가 되는 모습이었다.

로키스와의 3차전 경기가 승리로 끝난 뒤, 라커룸의 분위기는 완연한 활기를 보이고 있었다.

"다들 고생했다."

"내일 휴식일이라고 훈련 늦지 말고! 이 기세로 파드리스까지 부숴 버리자!"

"대역전극 한 번 보여주자고!"

"오우!"

시즌이 진행될수록 선수들의 몸에 쌓인 피로는 그리 쉽게 풀리지 않았다.

그랬기에 경기 사이사이에 자리한 휴식일은 하루라도 정말 소중하게 느껴지고 있었고, 선수들은 심신 양면에 쌓인 피로를 풀 생각에 꽤나 기분이 좋아 보였다.

반면, 민우는 얼굴로는 웃고 있었지만 속으로는 고심에 차 있었다.

'타이밍이 이유 없이 자꾸 어긋나는 기분이야.'

로키스와의 3연전에서 홈런을 하나도 때려내지 못한 것이 그 이유였다.

히메네즈와의 마지막 타석에서 완벽히 당한 이후로, 알 수 없는 이유로 타석에서 타이밍이 조금씩 어긋나는 느낌을 받고 있었다.

하지만 딱히 그럴 만한 이유가 없었기에 민우 스스로도 그 원인을 찾지 못하고 있었다.

슬럼프.

민우의 뇌리에는 어느샌가 그 단어가 자리를 잡고 있었다.

선수라면 시즌 중에 적으면 한 번, 많으면 열댓 번도 더 겪는 것이 슬럼프였다.

그리고 그런 슬럼프는 이유가 확연히 드러나는 경우도 있었지만, 그 이유를 아무도 찾지 못해 슬럼프 탈출에 애를 먹는 경우도 많았다.

하지만 민우에게 슬럼프라는 단어를 사용하는 것은 그 자체가 사치였다.

홈런만 없을 뿐 단타부터 2루타, 3루타까지 골고루 때려내고 있었다.

만약 남들이 들었다면 욕심도 많다고 무어라 할지 몰랐다.

하지만 민우의 기준에서는 과거에 비해 확연히 그 타격감이 떨어진 것처럼 느껴지고 있었다.

'도대체 이유가 뭐지? 갑자기 이러는 이유가… 능력치가 갑자기 내려간 것도 아닌데……'

"뭐해? 계속 여기 있을 거야? 프로도가 너 데려다준다고 또 기다리고 있을 텐데."

상념에 잠겨 있던 민우를 깨운 것은 기븐스였다.

프로도는 민우의 팬이라며 자진해서 민우를 숙소에서 경기장으로, 경기장에서 숙소로 태워주는 업무를 추가한 클러비였다.

민우는 기븐스의 이야기에 빠르게 자신의 짐을 챙기기 시작했다.

"아뇨, 가야죠."

기븐스는 그런 민우를 잠시 바라보다가 빈 의자에 털썩 앉으며 민우를 바라봤다.

"민우야. 너도 그냥 차 한 대 뽑아."

"예?"

"메이저리거가 됐으면 근사한 차 한 대 정도는 타고 다녀야지."

기븐스의 이야기에 민우가 영문을 모르겠다는 표정을 지어 보였다.

그리고 그런 민우를 바라보던 기븐스가 피식 웃으며 말을 이어갔다.

"메이저리거의 품위! 괜히 평상시에도 정장을 입으라고 하는 게 아니지. TV에서 봤을지 모르겠지만, 가끔 메이저리거의 차를 소개하는 시간도 가지고 그런다니까. 너 정도 됐으면 그런 시간이 빨리 올지도 모르고. 그러니 이참에 하나 뽑아라. 내가 좋은 딜러 소개해 줄게."

"아하하. 생각은 해볼게요."

"어허! 이 형님이 친히 추천을 해주겠다는데, 그렇게 애매한 대답은 안 되지~"

기븐스는 민우의 어깨에 손을 두른 채, 허리를 장난스럽게 쑤셨고, 민우는 그런 기븐스를 피해 라커룸을 빠르게 빠져나갔다.

*　　　*　　　*

"오늘도 수고하셨어요."

민우가 감사 인사와 함께 팁을 건네자 프로도가 웃으며 팁을 챙겼다.

"내일도 같은 시간에 오겠습니다. 푹 쉬세요."

곧 프로도가 차를 몰아 숙소를 빠져나갔고, 민우도 몸을 돌려 숙소로 들어섰다.

지이잉— 지이잉—

민우는 야구 가방 속에서 울리는 진동 소리에 스마트폰을 꺼내 들었다.

한나 퍼거슨

'퍼거슨?'

발신자를 확인한 민우가 곧장 통화 버튼을 눌렀다.

"여보세요?"

—안녕하세요, 강민우 선수. 잘 지냈죠?

수화기 너머에서 퍼거슨의 익숙한 목소리가 들려오자 민우가 피식 웃음을 보였다.

"예. 전화를 다 주신걸 보니, 뭔가 또 좋은 일이 있나 보군요?"

—후훗. 맞아요. 저번에 이야기했던 삼정과의 계약 조율이 마무리됐어요. 조건이 생각보다 괜찮거든요. 강민우 선수가 확인하고 사인만 하면 확정인데… 혹시 지금 시간 괜찮나요?

민우는 잠시 밖을 바라보고는 고개를 끄덕였다.

경기는 낮 경기로 치러진 탓에, 아직도 해가 하늘 위에 밝게 떠있었다.

"물론이죠. 안 그래도 경기가 일찍 끝나서 심심하던 차였는데, 잘 됐네요. 어디서 볼까요?"

—강민우 선수는 차도 없으니 불편하잖아요. 제가 숙소로 모시러 갈게요. 10분 정도 걸릴 테니 조금만 기다리고 있어요.

퍼거슨의 이야기에 민우가 어색한 웃음을 지었다.

"예. 그럼 기다리고 있죠."

짧은 통화가 끝난 뒤, 로비에 놓인 의자에 털썩 주저앉은 민우가 잠시 생각에 잠겼다.

'기븐스에 퍼거슨까지 차 얘기라니. 식스티 식서스에 있을 때가 생각나네. 도요타 광고판을 맞추면 차를 준다고 장난을 쳤었지. 후후. 그게 엊그제 같은데, 이제는 그런 차를 바로 살 수 있을 정도의 돈이 있다는 게 신기하네.'

계약금의 반은 이미 한국으로 송금을 한 뒤였지만, 그래도 꽤 많은 돈이 잔고로 남아 있었다.

'집은 사셨으려나. 통 연락을 못 하게 하시니.'

스마트폰을 사기 이전에야 공중전화로 통화를 해야 했기에 자연스럽게 어머니와의 연락의 빈도가 높지 않았었다.

하지만 스마트폰을 산 이후로 집에 전화를 자주 걸자, 시즌이 끝날 때까지 연락을 하지 말고 경기에나 집중하라고 하셨던 어머니였다.

궁금한 마음이 더 컸지만, 자식을 생각하는 어머니의 마음이란 것을 잘 알고 있었기에 민우는 시즌의 끝이 빨리 오길 바랄 뿐이었다.

'수지한테 물어보는 것도 염치가 없겠지.'

미국에 간다는 말을 마지막으로 수지에게는 한 번도 연락을 하지 않았었다. 그런 수지에게 다짜고짜 연락하는 것도 예의가 아니라는 생각에 민우가 고개를 저었다.

빵빵!

그렇게 상념에 잠겨 있던 민우는 바깥에서 들려오는 클랙슨 소리에 빠르게 몸을 일으켰다.

『메이저리거』 10권에 계속…

F U S I O N F A N T A S T I C S T O R Y

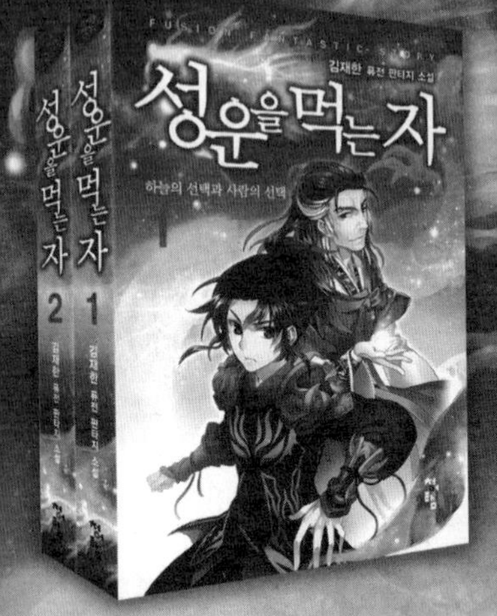

성운을 먹는 자

김재한 퓨전 판타지 소설

『폭염의 용제』, 『용마검전』의 김재한 작가가 펼쳐 내는
이제까지와는 전혀 다른 새로운 이야기!

『성운을 먹는 자』

하늘에서 별이 떨어진 날
성운(星運)의 기재(奇才)가 태어났다.

그와 같은 날,
아무런 재능도 갖지 못하고 태어난 형운.
별의 힘을 얻으려는 자들의 핍박 속에서 한 기인을 만나다!

"어떻게 하늘에게 선택받은 천재를 범재가 이길 수 있나요?"
"돈이다."
"…네?"
"우리는 돈으로 하늘의 재능을 능가할 것이다."

Book Publishing CHUNGEORAM